萧南溪　主编

家风里的成长

先辈红色传承的故事

北京联合出版公司
Beijing United Publishing Co.,Ltd.

编委会

主　编：萧南溪

副主编：葛元仁　熊　蕾

委　员：（排名按姓氏汉语拼音顺序排序）

曹　宏　陈　辉　高　源　贺燕燕　蒋爱丽

李耿成　李　靖　李秀玲　李亚中　李燕梅

刘　建　刘松柏　芦继兵　罗小明　欧阳海燕

裴静京　彭　洁　时欣生　谭戎生　王　放

王媛媛　徐　帆　叶　莲　张　兵　张晓龙

赵珈珈

家风关乎国之兴亡

家风与国之兴亡密切相连。家风好则民风淳朴，民风淳朴社会才会风清气正，社会风气好，国家才能繁荣富强。反之，则有亡国之忧。

《大学》云："一家仁，一国兴仁；一家让，一国兴让；一人贪戾，一国作乱。其机如此。"意思是说：家家仁爱，国家也会兴起仁爱之风；家家礼让，国家也会兴起礼让之风；如果每个人都贪婪暴戾，那么这个国家就会有人犯上作乱。其关联就是如此紧密。这几句话一针见血地点明了家风对国家的重要影响。

千万小家构成国之大家，好家风关乎人才的培养，更关系国家的命运前途。正可谓"天下之本在国，国之本在家，家之本在身"。自古以来，家与国就是休戚相关、紧密相连的。所谓"修身、齐家、治国、平天下"，有国才有家，家兴才能国运兴。中华民族历来重视家庭教育，尊崇家庭以国家、民族利益为重，小家服从大家，尊老爱幼、妻贤夫安，母慈子孝、兄友弟恭，耕读传家、勤俭持家，知书达礼、遵纪守法，家和万事兴等中华民族传统家庭美德，是支撑中华民族生生不息、薪火相传的重要精神力量。

精忠报国是岳家的家风，培养出岳飞、岳云父子两代高唱《满江红》的民族英雄；华阴杨氏延续上千年之久，从古至今，杨家将活跃在中华民族的舞台上，或出生入死、建功立业，或革故鼎新、兴利除弊，闻名遐迩；琅琊王氏是晋代中原最具代表性的名门望族，素有"华夏首望"之誉称，从东汉至明清，琅琊王氏培养出的宰相、皇后、驸马及高官不计其数。

俱往矣，数风流人物，还看今朝。历朝历代的良好家风，形成了中华民族的道德瑰宝，而共产党人的家风是数千年家风传承的集大成者。红色家风，萌芽于革命战争时期，根植于人民解放事业的伟大实践中，凝聚着无数革命先辈为革命理想不懈奋斗的崇高精神。

20世纪初的中国，列强环伺、军阀割据、山河破碎、民不聊生。无数革命先辈为创建新中国，身先士卒、前仆后继，舍生取义，舍小家、为国家，其情怀格局和牺牲精神，惊天动地，感人肺腑。

毛泽东的家风堪为万世师表，其核心是天下兴亡匹夫有责。杨开慧、毛岸英、毛泽民、毛泽覃、毛泽建、毛楚雄，毛氏家族先后6人为中国革命献身，令天地动容。贺龙一家满门忠烈，一世忠魂。自贺龙两把菜刀闹革命起，贺氏家族30余户109人为革命献身。开国少将李中权一家9口参加长征，5人牺牲在长征路上。

在中国革命史上，这样的红色家庭比比皆是，不胜枚举。

在千千万万个家庭中，谁的家风更为重要？当然是领导干部的家风。领导干部发挥着表率作用、导向作用，领导干部的家风关乎着党和国家的形象，关乎着社会风气的好坏。

萧南溪大姐主编的《家风里的成长：先辈红色传承的故事》一书，讲述了以革命先辈为主的领导干部的家风。

李大钊之子李葆华，继承了父亲"铁肩担道义"的家训，虽身居高位，但从不向组织叫困难、谈条件、提个人要求，他时刻把自己置身于党和人民群众的监督之下，百姓亲切地称呼他为"李青天"。

叶挺之子叶正大，一夜之间失去了父母双亲，但他牢记父亲的教诲，要做"永不屈服的脊梁"，他带着前辈的嘱托，谨记毛主席"建设强大的空军"的希冀，不忘党的恩情，刻苦学习，最终成为中国航空事业的奠基人。

农运大王彭湃，烧掉了地契、田契，将自己变成了真正的无产者。他的心始终和劳苦大众在一起，在他的影响下，家人纷纷加入到革命队伍中，短短5年，6人牺牲，而他的儿子彭士禄，一时间成了一个吃百家饭、穿百家衣、姓百家姓的小乞丐。彭士禄把父辈的牺牲，百姓的养育之情，党组织的关怀、培养牢牢记在心底，并将它们转化为学习、工作的动力！一句"只要祖国需要！"他毅然转学原子能专业，最终成长为中国核潜艇之父！

"希望将军"赵渭忠，一个旧社会里成长起来的孤儿，后来虽为军区副政委，但他的心始终在百姓身上，他散尽家财，将全部积蓄捐给希望工程，为300多名失学儿童带去读书的希望。

　　13 岁参加革命的裴周玉将军，把平江儿女的牺牲与付出牢牢刻在心里，20 万人，2 万人，3000 人，82 人，9 人……一个个数字背后，是一个又一个倒在黎明前的黑暗里的革命先烈，这是裴将军一生无法忘记的痛。当他离家 50 多年后，第一次在家乡过年，他首先做的，就是带着儿女给那些默默无闻的老战士、老党员拜年，正因为有了他们的牺牲和奉献，才有了新中国的曙光。

　　《家风里的成长：先辈红色传承的故事》，25 位革命者后代用真挚的笔触，讲述了 25 个生动鲜活的治家、传家的家风故事，这里有信仰的坚守，有精神的传承，有奋斗的足迹，更有浓浓的亲情。这些故事不是遥远的历史，而是鲜活的生命印记。

　　它告诉我们：伟大不是遥不可及，它就蕴藏在日常生活的点点滴滴中；崇高不是高不可攀，它就体现在每一件具体的事情中。

　　这些文章以情动人，以小见大，把先辈的红色家风栩栩如生地展现在读者面前，给青少年以启迪，引领他们在成长的道路上，找到自己的方向。

　　本书的出版是一件有益于红色基因代代相传的好事，希望全社会都能按照习近平总书记的要求，注重家庭家风家教建设，继承和弘扬中华优秀传统文化，继承和弘扬革命先辈的红色家风，做良好家风的传承者。

　　是为序。

罗　援

2025 年 2 月

目　录

第一辑　薪火相承

第二辑 信仰如磐

第三辑　不忘初心

第四辑 严慈相济

第一辑

薪火相承

中国，从不缺少为民请命的人，他们秉承"为天地立心，为生民立命，为往圣继绝学，为万世开太平"的崇高理想，在黎明前的黑夜，不惧流血牺牲，前赴后继、奋勇开拓，为新中国的建立打下坚实基础。而他们的后代，接过父辈手中的枪、肩上的旗，继续完成父辈未竟的事业，挺起中华民族不屈的脊梁！

★ 家风箴言 ★

青年人任重道远，要继承的不是财产，而是前辈留下的尚未完成的革命事业，发扬前辈的革命精神。

——徐特立

铁肩担道义，妙手著文章。

——李大钊

斗争总是要流血的，这没有什么可怕，不过，这些人为什么要流血？要一代一代讲下去，让下一代都能继承烈士遗志，争取革命最后胜利。

——施　洋

回忆父亲

李亚中

距祖父李大钊牺牲已经过去 98 年了。每当我走进祖父在北京的故居,读着热血沸腾的《青春》,吟诵着"铁肩担道义,妙手著文章"的名言,我一步步走进了祖父的世界。祖父诚实谦和的身影,律己宽人的品质,求真务实的作风,铁肩担道义的精神,激励着我们一代代人。

我的父亲李葆华是李大钊的长子,他继承了祖父清贫俭朴、追求理想的品格,不论遇到什么样的人生境遇,他都牢记祖父的教诲,传承着革命者的家风。

乐观的父亲

父亲是一个组织纪律性极强、甘于奉献、不计较个人

得失、心胸开阔的人，他从不向组织叫困难，谈条件，提个人要求，总是以乐观的心态对待工作和生活，父亲的一生就是这样走过的。

1961年，父亲经过十二年的不懈努力，率领干部、群众白手起家、从无到有，成功开拓了新中国水利水电事业后，从水利电力部调往上海中共中央华东局任第三书记，家也从北京搬到了上海。1962年1月的一天，父亲突然接到通知去北京开会，此后一连数月没有回家，后来我们才知道父亲的工作又变动了，因事发突然、责任重大，顾不上回家，直接从北京赶赴安徽了。

1960年，李葆华在刘家峡水电站工地与建设者交流

1962年年初，父亲临危受命，按照中央要求去安徽主持工作，当时的安徽既有天灾，也有人祸。面对这种复杂的局面，父亲充满信心，谨慎稳妥、实事求是地平反了大量冤假错案，恢复了党内民主，用政策保护干群利益，调动各方积极性，

一年后基本稳定了局势，他也将家从上海搬到合肥。

经过父亲三年多的努力，安徽各项事业蓬勃发展，人民生活明显改善，"李青天"的美誉应运而生。

1973年，父亲调任贵州当省委第二书记。父亲的组织纪律性和革命乐观主义精神，以及他对为党工作的强烈渴望，支配着他不计个人得失、不惧困难，又一次冲向风口浪尖。

记得我去贵州探亲时，常看到他通宵达旦地工作，尽管当时的政治环境不好，但是父亲仍然尽其所能，将全部身心都放在自己热爱的工作上。

1978年，父亲调任中国人民银行主持工作。69岁的年龄和一个生疏的领域，对他来说显然是一个巨大的挑战。

然而，乐观而不惧困难的精神使父亲再现辉煌。在中国人民银行工作的四年里，父亲卓有成效地完成了金融业的拨乱反正，解决了长期积存的问题，落实了党的干部政策，组织培养了金融人才，推动了中国金融体制改革工作全面展开，推进了金融领域国际交流与合作，也为中国成功加入国际货币基金组织和世界银行做出了杰出贡献。

严谨的父亲

父亲做事严谨，对自己和家人要求严格，无论大事、小事，还是工作、生活，都是如此。

父亲的卧室兼书房，因有文件，父亲总是随手锁门，阅读完文件，父亲马上将其锁入保险柜，并且要求家人不得翻看，也不同家人谈论任何涉密的事。

父亲写材料时和写后都要认真核对，避免出差错。有疑点时随时查阅工具书或参考书，决不敷衍了事。他把这个好习惯也拓展到家庭生活中，有一次，我问父亲"图腾"是什么，他马上给我做了简要的解释，然后回到书房，不一会儿，就拿着已经翻到"图腾"词条页的《辞海》走来，那一刻，我感受到了父亲的慈爱，同时也又一次体验了父亲的严谨。

李葆华在为子女讲述父亲李大钊的事迹

父亲非常自律，他时刻把自己置身于党和人民群众的监督之下。父亲在贵州工作时，生活十分艰苦，连省会贵阳都缺油少肉，每人每月只按定量供应一斤猪肉、四两油。作为省委主要负责人，父亲要想改善一下家中的生活是轻而易举之事，但他坚决反对并制止走后门搞特殊，坚持与群众同甘共苦。母亲去贵阳照顾他时并没有转户口，两人只能吃一个人的定量。父亲因缺乏营养加之工作辛劳，双腿肿痛，行走十分吃力。

父亲每次出国访问归来，总是按组织规定，将全部礼品如数上交。一次父亲出访日本带回些礼品，其中有一块手表很精致，我非常希望将其留下，作为结婚纪念物送给爱人，但铁面无私的父亲还是将其上交了。

俭朴的父亲

父亲的俭朴在熟悉他的人群中是公认的，也是令人钦佩的，他的衣食住行中无处不体现着我们家庭传承下来的这一中华民族传统美德。

父亲的穿着十分简朴，很少添置新衣。他穿的衬衣常是换过领子和袖口的，他穿的袜子也多是补了又补的。

1960年，父亲准备出访波兰，工作人员知道他只有一双旧皮鞋，就想给他买双新的或借一双比较新的，父亲不肯，说鞋旧一点有什么关系，上点油擦一下不就行了。

父亲一生粗茶淡饭，喜好吃些杂粮、野菜。他认识的野菜种类很多，休闲时也会带我们去挖些荠菜、马齿苋之类的野菜。在困难时期，他会带领家人种些杂粮、蔬菜，改善生活。在安徽，他组织全家开荒地，种植红薯、苞米和蔬菜等；在贵州，他和母亲、姐姐种植了西红柿、辣椒、南瓜等。

父亲对住宿没有任何奢求，只要能遮风避雨就行。1978年，他从贵州调回北京后，一直住在一套小公寓中，直到他辞世。父亲的卧室兼书房只有十几平米，一张床，一个书桌，一把座椅，四个书柜和一个装文件的大保险柜等必要的生活、工作用品往里一摆，十分拥挤。家中的家具也很破旧，还是父亲调来北京那年，银行的同志从仓库里找来供他临时使用的旧家具，后来他把这批家具买下来，再也没有更换。

父亲的出行历来从简，从不兴师动众。在水利部工作时，为了摸清淮河的情况，父亲在春寒袭人、崎岖泥泞，连汽车都无法行进的道路上高挽裤管，一步一滑地徒步前行15公里。

学识渊博的父亲

祖父李大钊牺牲后，父亲为躲避反动军阀的抓捕，在祖父友人的帮助下东渡日本，当时他只是一个中学尚未毕业但已有两年团龄的中国共产主义青年团团员。蔡元培先生给他开具了一张高中毕业文凭，他仅用半年时间补习日文和其他课程，就考取了东京高等师范学校理化系，还在日本加入了中国共产党。九一八事变后，他中断学业，愤然回国，所以父亲并未获得学位。他渊博的学识完全来自长年的革命实践和勤奋自学。

在中学读书时的李葆华

新中国成立后，父亲先后在水利部、水电部、安徽省委、贵州省委和中国人民银行等单位主持过工作。每一次工作变动，他都会通过向内行学习、向书本学习，也通过大量的调研、考察，扩大自己的学识，使自己迅速成为内行，游刃有余地带领一班人做好工作。这使他积累了丰富的管理经验及相关领域的专业知识。

父亲对古籍、历史、中外文学等有着浓厚的兴趣。他爱

书、买书、藏书。家中收藏有二十四史、《资治通鉴》、《纲鉴易知录》、《战国策》、四书五经等图书。一次出访美国，

认真读书的李葆华

父亲还在旧书店淘了一套英文版的《狄更斯全集》。他在工作之余，有很长时间用于读书。

父亲对考古研究也颇为倾心，家中常年订阅《考古》《文物》和《中国钱币》等杂志，他不但购买这方面的书籍，还收藏了一些瓷片、陶片、化石和古钱币等。一次他去河南农村考察，发现当地农民用汉砖围猪圈，感到很心痛，就和老乡商量，最后将汉砖带回京，转交给中国钱币博物馆收藏。

父亲离去了，但他在我心中永生。父亲用丰富多彩的生命历程撰写了人生教科书，用他的行动，证明着好家风的传承力量，也激励和鞭策我们把前辈的优良家风弘扬下去！

（作者李亚中系李大钊的孙子、李葆华的儿子）

★ 先辈小传

李大钊（1889—1927），字守常，河北乐亭人。中国无产阶级革命家，中国最早的马克思主义者，中国最早的马克思主义传播者，中国共产党的主要创始人和早期领导人。1927年4月6日被奉系军阀逮捕，4月28日在北京就义。

★ 先辈小传

李葆华（1909—2005），李大钊长子。1925年加入中国共产主义青年团，1931年加入中国共产党。曾任中共河北省委负责人之一，参与创建晋察冀抗日根据地。新中国成立后，历任水利部党组书记、副部长，华东局第三书记，安徽省委第一书记兼军区第一政委、党委书记，贵州省委第二书记等职。1978年任中国人民银行党组书记、中国人民银行行长。

★ 家风讲述人

李亚中（1954—），李大钊嫡孙、李葆华幼子，曾任水利部水利信息中心主任工程师。曾获国家科学技术进步奖三等奖、水利部科学技术进步奖一等奖，以及联合国技术信息促进系统中国国家分部颁发的科技发明之星奖等奖项。

生命不息　奋斗不止

张晓龙

以遂初志，而尽己责

1892 年，我的祖父张云逸出生在广东省文昌县（今海南省文昌市）一个贫苦家庭，作为家中的第一个男孩，他的父母对他寄予厚望，为他取名运镒。

1908 年，祖父接触到了进步思想，很快就加入了同盟会。参加革命后，祖父根据谐音，将自己的名字改为云逸。1926 年 10 月，祖父光荣地加入了中国共产党。

祖父一生南征北战，参加了黄花岗起义、辛亥革命、护国战争、北伐战争、大小长征、抗日战争、解放战争等。

回想祖父的一生，他始终把全部心血投入到救国救民

的伟大事业中。祖父曾说，他这一生最值得骄傲的两件事，一件是率领红七军进行小长征，另一件是跟随毛主席参加二万五千里长征。

1955年，祖父曾给毛主席写过一封信，他在信中写道："我虽然久病，年龄也大了，体力脑力大不如以前了，但是我仍要用自己的全部力量为党和人民的事业奋斗，以遂初志，而尽己责。"

最后这八个字，足以代表祖父生命不息、奋斗不止的革命精神，以及他对党、对革命事业的一片忠心，对人民和人民军队的无限热爱。

自强自立，艰苦朴素

一个人的成长，离不开家风家教的滋养，我从小在祖父母身边长大，在潜移默化中形成了自强自立、艰苦朴素的作风。

1969年，我成为一名光荣的解放军战士。临行前，我和祖父母拍下了这张合影。

这张合影，既珍藏着诸多美好的回忆，也反映了当时每个人的不同心境：祖母的眼中带着一丝不舍，还有一点伤感；祖父表情淡然，平视远方，他知道，孙子要开始追

张晓龙与祖父母的合影

求自己的人生理想了；我当然是开心，满满的笑容里充满了对未来的向往。

每每回想起与祖父在一起的点滴往事，我心中就备感温暖。到部队后，我每周都坚持写信，向祖父母汇报工作情况。别看祖父平时少言寡语，但他一直用行动默默地教育我、影响我。记得有一次我在信中提到连队仓库里有老鼠，总是偷吃粮食，祖父就在回信时，不声不响地给我寄来几个老鼠夹子，还表扬我能及时发现问题。

我在祖父的影响下，非常珍惜来之不易的幸福生活，在连队里刻苦训练、努力学习，成绩优异。

祖父一生勤劳节俭，保持艰苦朴素的作风，衣袜破了，打个补丁继续穿；家中吃剩下的饭菜绝不让倒掉，留着下顿吃。祖父时刻要求我们节约水电，甚至在各个房间都贴上他亲笔写的"节约用水，节约用电"。直到今天，我仍能非常流利地背出祖父关于勤俭节约的话语："节约好比燕衔泥，浪费好比河决堤。积累如同针挑土，浪费如同水推泥……"

父亲那一代就是用洗澡水、洗衣水冲厕所，用洗菜、洗米水浇花的，到了我这一代，我仍然坚持这样做。好的习惯就是家中的传家宝，要坚持传承下去。

祖父虽然身居高位，但他从来不让我们这些后代有一点优越感，他严格要求我们，要我们正直勤奋、全心全意为人民服务。在祖父的影响下，不论是父辈，还是我们孙辈，都坚守"对党忠诚"的家风，对于党交给的工作，从来不讲条件，本本分分做人，怀着一颗赤诚之心，默默在各自岗位上发光发热。

一代人有一代人的奋斗，一个时代有一个时代的担当，当年的金戈铁马换来今天幸福安宁的生活，我们不应该忘记历史，我们要学习传承老一辈革命者的精神，让红色精神代代相传，为实现中华民族伟大复兴的中国梦接续奋斗。

（作者张晓龙系张云逸的孙子）

⭐ 先辈小传

　　张云逸（1892—1974），广东省文昌县（今海南省文昌市）人。中国共产党优秀党员，伟大的无产阶级革命家、军事家，早年加入中国同盟会、中国国民党，1926年加入中国共产党，参加了黄花岗起义、辛亥革命、护国战争、北伐战争、百色起义、大小长征、抗日战争、解放战争等，1955年被授予大将军衔，荣获一级八一勋章、一级独立自由勋章、一级解放勋章。

⭐ 家风讲述人

　　张晓龙（1952—），张云逸长孙。1969年入伍，1970年入党。2018年至今，任北京新四军暨华中抗日根据地研究会会长。

挺起民族不屈的脊梁

叶 莲

建铁军，爷爷名垂青史

1946 年 4 月 8 日，我的爷爷叶挺在飞往延安的途中突遭空难，不幸牺牲。爷爷 16 岁参军，1924 年加入中国共产党，参与组建了第一支由中国共产党直接领导和掌握的正规武装部队——国民革命军第四军独立团，即后来为人所熟知的叶挺独立团。

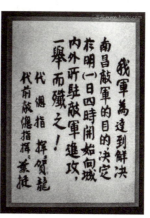

八一南昌起义手令

1926 年 5 月，爷爷率独立团由广州北上，先遣北伐，

《囚歌》手稿

为北伐战争的胜利立下赫赫战功，也为第四军赢得了"铁军"称号。

经历了北伐战争血与火的淬炼，1927年8月，爷爷率领独立团参加了由中国共产党领导的八一南昌起义，打响武装反抗国民党反动派的第一枪，从此，中国共产党有了自己的军队。

1941年1月，皖南事变爆发后，爷爷想以牺牲自己来保全新四军这支抗日血脉，没想到他与国民党交涉时，直接被国民党扣押。面对国民党的威逼利诱，爷爷坚贞不屈，在狱中创作《囚歌》以明志，他宁愿"在烈火和热血中得到永生"，也绝不"由狗的洞子爬出"。

1946年3月4日，爷爷在被国民党监禁五年后终于获释。他在出狱的第一时间，就向党中央递交了重新加入共产党的申请书，很快获得批准。谁知道，就在他飞赴延安的途中，他和奶奶李秀文、姑姑叶扬眉、叔叔阿九，以及王若飞、秦邦宪、邓发、黄齐生等不幸遇难。

承遗志，父亲奔赴延安

爷爷奶奶一生育有七子二女，在被国民党关押期间，爷爷心中十分愤慨，于是给孩子们都改了名字，长子叶正大、次子叶正明、四子叶华明、七子叶正光、八子叶启光，取意"正大光明，扬眉吐气"。

叶挺一家合影
左起：叶挺、长子叶正大、次子叶正明、
四子叶华明、长女叶扬眉、次女叶剑眉、
夫人李秀文，李秀文怀抱的是七子叶正光

我的父亲是爷爷的长子叶正大。爷爷奶奶遇难时，父亲刚刚 19 岁，最小的八叔叶启光只有 5 岁。在得知父母和弟弟妹妹遇难后，我父亲与其他的弟弟妹妹抱头痛哭，悲伤欲绝。一夜之间家破人亡，父亲心如刀绞。父亲曾说，自己从小不是一个爱流泪的人，但在那些日子里，他好像把一辈子的眼泪都流尽了。

后来，周恩来通过党组织负责人方方转告父亲，要他在广州继续读大学。但是面对国民党特务的盯梢和纠缠，父亲请求到解放区去，他要去找曾经与他父亲生死与共的战友们，他要去找已经失联三年的两个弟弟，他要继承父母的遗志投身革命。

1946年6月，父亲来到了张家口解放区，见到了晋察冀军区司令员聂荣臻。两个月后，在聂司令的安排下，父亲动身前往延安。又经过两个多月的跋涉，父亲终于走到了延安。在那里，不仅有他长眠的亲人，还有失联三年的弟弟叶正明和叶华明。

赴苏联，学习飞机设计

1948年，为了建国做人才储备，党中央决定选送21名年轻人去苏联上大学，学习科学技术，父亲和二叔叶正明有幸被选入这个团队。父亲从小迷恋航空模型，加之空难带走了四位亲人的生命，父亲和二叔同时选择进入莫斯科航空学院。

父亲带着前辈的嘱托，在莫斯科航空学院飞机制造系学习了六年，他像海绵一样拼命吸吮着知识的营养。除了一年级时化学考了 4 分外，其他科目全部 5 分。

父亲说，学习只是基础，考试成绩不能决定一个人的命运。在漫长的人生路上，能否持续努力才是关键。

1955 年，父亲从莫斯科航空学院毕业后，被分配到沈阳飞机维修 112 厂（又名国营 112 厂，现沈阳飞机制造厂），这段基层工作经验，为他以后的工作积累了宝贵经验。

1956 年，新中国第一个飞机设计室成立，父亲出任副主任设计师。这支近百人的设计队伍，平均年龄只有 22 岁。但他们仅用一年多的时间，便设计研制出中国第一架喷气式歼击教练机歼教 -1，这架飞机的成功研制，开创了喷气

歼教 -1 飞机设计团队

时代新中国自行设计飞机的先河，是新中国航空工业发展的一座重要里程碑。

父亲在飞机设计领域耕耘 18 年，参与设计研究或主持领导了我国多项飞机研制任务，为歼教 -1、歼 -7、歼 -8 等战斗机的成功研制做出了重要贡献，成为新中国航空科技工业的奠基者和开拓者之一。

1988 年 9 月，父亲被授予中将军衔，成为我军少有的科技中将。

若有来世，我还做您的女儿

2012 年，在航空工业界几位院士的推动下，85 岁的父亲终于同意口述自己一生的经历，后经整理编写，出版了《新中国航空科技工业开拓者：叶正大将军回忆录》。

我国著名飞机设计师顾诵芬院士为父亲的回忆录撰写序言，在序言中，顾院士写道："他一直是在按照毛泽东同志和老一辈革命家的期望不断拼搏，奋斗不止。他对理想、信念的忠贞不渝，对事业成功的执着追求，以及他严于律己、宽于待人的作风和对同志的尊重、平易近人的谦和等，都为我们做出了榜样，值得我们永远敬重和学习……"

父亲86岁生日那天，顾诵芬、管德两位院士偕夫人来到父亲的病房，为父亲庆祝生日。他们一起谈笑风生，一起回忆往事。虽然年事已高，但他们心中想的还是国家的命运、民族的前途。我相信如果真能重走一遍自己的人生路，他们还会像当年一样执着选择自己从事的事业，坚守为国家和民族奉献一切的人生信念。

这一天，我与父亲做了一个约定：人生若有来世，我还做他的女儿。我将这一份约定写进了回忆录的后记中。

2017年，中央新闻纪录电影制片厂为了拍摄纪录片《叶挺将军》找到了父亲，导演问了父亲一个问题："如果有机会，您想跟父亲说些什么？"

父亲想了想说："这个问题我还没想好。第一，没有他就没有我；第二，我向他报告，我没有侮辱他的名声，我没有贪污一分钱。"

父亲一生不爱出风头，严于律己、宽于待人。在我的心目中，他除了是个好父亲，更是一位正人君子。他教会我们如何对待他人，理解他人的困境，他常说人不能总想着自己，要学会替别人着想。父亲是一个很真诚的人，从不搞表面虚假的东西。父亲让我们感受到爷爷从未远去，他的精神一直与我们在一起，激励我们奋进。

如果说祖辈是打江山的一代，父辈则是建设江山的一代。祖辈为后代创建了和平社会，父辈则为我们今日之昌盛奠定了基础。

一代人有一代人的责任与坚守，一代人有一代人的使命。爷爷和父亲两代人的奋斗经历，让我看到，从舍生取义到奋发图强，这生生不息的精神力量。

（作者叶莲系叶挺的孙女、叶正大的女儿）

叶挺（1896—1946），广东惠阳人。中国人民解放军创始人之一。1924年在苏联加入中国共产党。1946年牺牲。1989年，被中央军委评选为36名开国军事家之一，2009年被评为"100位为新中国成立作出突出贡献的英雄模范人物"。

叶正大（1927—2017），叶挺长子。1948年加入中国共产党，新中国培养的第一批航空专家，新中国航空科技工业的开拓者，我国国防科技工业战线的优秀领导者。1988年被授予中将军衔，1998年获中国人民解放军胜利勋章。

叶莲（1957—），叶挺孙女、叶正大长女。北京新四军研究会讲师团成员，六合环能投资集团董事。

愿将此身长报国

彭　洁

农民运动的先驱

我的爷爷彭湃出生于大地主家庭，青年时期他接触了马列主义后，联想到自己家的佃农不仅衣食无着还要交租，认定农民是中国推翻反动统治的主力，便烧掉了自己名下所有地契、田契，全身心地投入到农民运动之中。爷爷的行为赢得了农民的信任，他带领农民建立了中国第一个县级农民协会"海丰总农会"。

爷爷是中国共产党第一批党员，他根据组织安排，出任国民党中央农民部秘书，创办了广州农民运动讲习所。他根据自己搞农民运动的实践经验，撰写了《海丰农民运动报告》。后来，这部书成为从事农民运动者的必读书。

1927年，爷爷作为我党前敌委员会的成员之一，参与、领导了八一南昌起义。之后他又随南昌起义部队一起南下广东，在海陆丰地区利用他搞农民运动时建立的良好群众基础，同当地的农民军一起，开展海陆丰第三次武装暴动。

在爷爷的领导下，中国共产党第一个红色政权——海陆丰苏维埃政府正式成立，而海陆丰地区也成为我党最重要的农村革命根据地之一。

1928 年 11 月，爷爷被调往上海党中央工作。1929 年 8 月 24 日下午，因叛徒告密，他和其他 4 名同志一起被捕入狱，8 月 30 日在上海壮烈牺牲。在爷爷的影响和感召下，家人纷纷追随他的脚步，先后走上革命道路。从 1928 年到 1933 年，仅仅五年，爷爷一家就牺牲了 6 人。爷爷用行动给我们留下了"为理想而奋勇向前"的家风。

彭湃一家六位烈士

彭　湃（上左一）、蔡素屏（上中）、许玉庆（上右三）
彭汉垣（下左一）、彭　述（下中）、彭　陆（下右三）

百家养育赤子情

爷爷奶奶牺牲后，父亲彭士禄成了国民党的"通缉犯"，那一年他才4岁。老百姓们冒着生命危险，一次次掩护父亲转移，一时间父亲成了吃百家饭、穿百家衣、姓百家姓的

1933年，彭士禄在汕头石炮台监狱门前

孩子。父亲8岁时被国民党抓住，成了一名"小政治犯"。在监狱里，父亲经常被吊起来毒打，他饥寒交迫，身体极度虚弱。在一位民主人士老爷爷的护佑下，才活了下来。

其实，爷爷牺牲后，党组织一直都在寻找父亲。1940年夏天，在香港地下党组织的安排下，15岁的父亲被送到桂林，见到了专门来接他去延安的周恩来的副官。

1940年底，几经周折，父亲终于到了革命圣地延安，并于1945年光荣地加入中国共产党。1951年，父亲以优异成绩通过考试，赴苏联留学，学习化工机械专业。

20世纪50年代彭士禄在苏联红场留影

核动力的垦荒牛

父亲把爷爷的牺牲、百姓的养育之情、党组织的关怀和培养牢牢记在心底，并将它们转化为学习、工作的动力！他决心用自己的一生来回报党和人民！

1956年，父亲即将毕业时，正在苏联访问的陈赓大将把他叫到了大使馆，陈赓对父亲说："中央已经决定，要挑选一批优秀的留学生转学原子能专业，你愿意吗？"

父亲坚定地回答："当然愿意，只要祖国需要！"

20世纪60年代，父亲开始主持潜艇核动力装置的论证和主要设备的前期研发工作。作为技术负责人，父亲面对既缺乏资料，也无经验的局面，坚决贯彻"以科学为依据，用数据来说话"的理念，和大家一起自力更生，自教自学，他把很多问题交给大家去争论、探索、分辨，最后由他"拍板"。后来大家给他起了个外号——"彭拍板"！

听到这个称呼，父亲哈哈大笑，说："我胆子是大，敢做决定，但我是有根据的。再说关键时候不拍板怎么行？数据都是我们自己算的，心中有数。对了，功劳是大家的；错了，我负责！"

经过父亲那一代人的共同努力，1970 年 12 月 26 日，中国第一艘核潜艇正式下水，我国成为继美、苏、英、法之后，世界上第五个拥有核潜艇的国家！

核潜艇服役后，父亲再次服从祖国需要，由军转民，研究和平利用核能发电。父亲参与组织引进了中国第一座百万千瓦级核电站——大亚湾核电站，组织自主设计建造了中国第一座大型商用核电站——秦山二期核电站。

在父亲和一众科学家的共同努力下，我国的核电站建设走上了安全、健康、稳定的发展道路。

父亲晚年时，这样评价自己的一生："我这一生只做了两件事，一是造核潜艇，二是建核电站。我是属牛的，我最喜欢垦荒牛。我觉得我一生做的工作，虽为沧海一滴，但就是要为人民做奉献，默默地、自强不息地去耕耘、开荒、铺路。"

让红色江山永不变色

父亲曾说："如活着能热爱祖国，忠于祖国，为祖国的富强而献身，足矣！"祖国永远在父亲心中！

2017年，父亲获得了何梁何利基金科学与技术成就奖，父亲没有丝毫犹豫，当即决定，将100万港元奖金全部捐给中国核工业集团有限公司。

我替父亲办完全部捐赠手续后，和父亲开玩笑说："老爸呀，你获奖得了那么多奖金，分给我点多好呀！"父亲摇摇头，说："这个钱不是我的，它是国家的。"

听到这里，我被父亲的精神感动了，父亲和爷爷一样，心里装的是国家，是人民，祖国永远在父亲心中！

2021年3月22日，父亲走完了他96年的人生，永远离开了我们。

父亲去世后的第九天，在《英雄核潜艇》的歌声中，我们把他和我母亲的骨灰一起撒入了渤海湾，实现了父亲最后的心愿。他们将在大海中与核潜艇默默相伴，永远守护祖国的海洋！

虽然爷爷和父亲都离开了我们，尽管他们所处的历史阶段不同，各自承担的历史责任也不同，但他们对党的热

爱与忠诚，对人民的感恩与奉献，对事业的追求与执着，对工作的严谨和求实，已经深深烙印在我们后代的心中，始终激励着我们前行！

红色血脉，跨越百年，连接两颗赤子之心，只为实现同一个理想。我们将赓续这红色血脉，传承他们的精神，让红色江山永不变色！

（作者彭洁系彭湃的孙女、彭士禄的女儿）

⭐ **先辈小传**

　　彭湃（1896—1929），广东海丰人。1921年加入中国共产党，是中国农民运动的杰出领袖，被毛泽东赞誉为"农民运动大王"。1929年8月30日在上海龙华英勇就义，年仅33岁。2009年，被评为"100位为新中国成立作出突出贡献的英雄模范人物"。

⭐ **先辈小传**

　　彭士禄（1925—2021），彭湃之子。我国核动力领域的开拓者和奠基者之一，中国第一代核潜艇首任总设计师，中国工程院首批院士。在我国核潜艇研制和核电站建设与发展中做出了重要贡献。2021年被追授为"时代楷模"，2022年获得"感动中国2021年度人物"。

⭐ **家风讲述人**

　　彭洁（1962—），彭湃的孙女、彭士禄的女儿。中共党员。一直从事国防科技信息研究工作，曾获国防科学技术进步奖二等奖、国防科学技术进步奖三等奖。中央电视台2021年《开学第一课》主讲嘉宾之一。

特别的爱

谭戎生

　　我的父亲谭冠三是位革命者，大革命时期他参加了农民运动和武装斗争，加入了中国共产党。湘南起义后，他奔赴井冈山，参加了开辟和巩固井冈山根据地的斗争，参与开辟赣南、闽西苏区的斗争，参与创建中央苏区，参加了五次反"围剿"，二万五千里长征，以及抗日战争和解放战争。

　　新中国成立后，他又奉命率部进军西藏，解放西藏，投入到建设新西藏的伟大事业中。他的后半生全身心地奉献给了西藏。

　　父亲去世后，遵照他的生前遗愿，我们将他的骨灰送回西藏，安放在了雪域高原。

我们家由于战争和父母肩负的责任，父母与子女团聚在一起的时间很少，但是父母写给我的红色家书，一直陪伴我成长。

特殊的家庭

从 1952 年到 1965 年，父母给我写过近五十封信，我几乎都保留了下来。我们就是通过这种书信的形式传递着两代人的思想感情。这些信件是我极其珍贵的精神财富。为了解放西藏，老西藏们的无数小家庭（其中也包括我的父母）只好暂时放弃了团圆，他们延绵不绝的父子母子之爱，又一次被自己光荣的使命阻断。我的父母长年坚守在西藏，很少回内地，父母与子女们天各一方。我和二弟在北京八一学校住校，三妹、四弟在农村养爹养娘家中长大。

听父母讲，1948 年，解放战争进入最关键的时期，战事频繁，父母不能携子参战。父亲的警卫员帮忙找到一户农家，寄养刚出生的四弟戎丰。那家人中年无后，提出要把戎丰收为养子，母亲当即同意，并签下一份将亲子送人的过继契约。

当时我父亲已经踏上南下解

送子契约

放大西南的征途。才出生七天的四弟谭戎丰自此改名叫赵双井。而在 1947 年出生的三妹谭齐峪，寄养在河北高阳县一户孙姓农家，也改姓换名叫孙秀贞。连着两次将亲生骨肉送人，亲生父母的痛，他人是无法感受的。

"老区的人民在我们为难的时候，收留了我们的孩子，我们不能忘本。"父母对前来北京读书的三妹和四弟提出要求："人家带大了你们，你们不能忘记了。现在来北京读书，将来还是要跟他们回去，为他们养老送终。"这是父母最高明、最有良知的教子之道、为人之道。让孩子们不忘本，要感恩，要和老百姓生活在一起。

特别的爱

母亲进藏前把我和二弟送进了荣臻子弟学校（现北京市八一学校）学习。父母在西藏工作时，我们很少见面，甚至有几年音信全无。

在漫长的岁月里，书信成了连接父母与子女的唯一情感纽带。父母为了党和国家的伟大事业，没有给我们一个完整美满的家，但他们从雪域高原寄来的一封封家书，就像一条饱含父母之爱的精神之河，滋润着我稚嫩的心灵，缓缓流过我的童年、少年和青年时期。

我收到父母的第一封信是在1952年8月，是一位从西藏来北京开会的解放军叔叔带来的（当时西藏还没有通公路，邮路也不通）。父母的来信，问及我近几年学习和生活情况，还嘱咐我写信告诉他们关于二弟延丰的情况。

1952年，谭冠三在西藏写给儿子谭戎生的家书

我的父母都是老红军，是职业军人，他们以无产阶级革命者的坚定信仰，传承了古代仁人志士的遗风，他们不仅在政治上关心我和弟弟，也在生活上给予我们无微不至的关爱。一封封饱含深情的家书，传承着意蕴深远、润物无声的良好家风，立下了既往修为、行稳致远的严厉家规，鞭策着我们激扬搏击，像他们一样生活和战斗。

特别的爱给特别的父亲

有一件事我终生难忘。1955年，父亲第一次从西藏回北京参加全国党代表会议，此时距离他1947年离开母亲和我们率军南下，已经过去八个年头了，再见面时我已经

是一名中学生了！我记得那是一个周六的傍晚，西藏驻京办事处的叔叔把我和二弟接到北京饭店，刚进大厅，我们就看到几位长者从台阶上走下来，接我们的叔叔指着其中一位长者对我们说："那位就是你们的父亲。"

我对父亲还隐隐约约有一点印象，于是大胆走上前去，叫了一声"爸爸"。那位长者愣了一下，对着我从上到下打量了一番，问道："你是戎生啊？"他的湖南乡音很浓，听起来很亲切。我说："爸爸，是我，戎生。"

弟弟始终躲在我背后，不敢上前。父亲就主动上前跟他说话，问道："你是延丰吧？"弟弟睁着两只圆圆的眼睛，还是不敢说话。爸爸感慨地抚摸着我们的头，眼神里露出慈祥的目光，动情地说："唉……孩子们都长大了！"

晚上，妈妈领着弟弟早早就入睡了。我和父亲睡在一个房间，我发现父亲很晚都没有入睡。原来父亲觉得饭店的席梦思床太软了。他让服务员搬来硬板床，可他躺在上面还是睡不着，最后父亲干脆把床单铺在地毯上，躺在地上睡。可我一觉醒来，看见父亲并没有睡着，而是坐在地毯上看书、看文件。

当时我很不理解，夜深了他怎么还不睡觉？我好奇地问："爸爸，你怎么这么晚了还不睡觉？"

他冲我笑了笑说："孩子，我睡不着觉的毛病啊，是战争年代留下来的顽疾，那时打仗、行军睡觉可不能太实、太放松，如果睡得太实，一旦有敌情，就会误事！所以大家经常在行军中偶尔打个盹，不过通常只有几分钟，就会醒过来，这是我们军人的基本功啊！等到了西藏，那里高原缺氧，工作又紧张，情况又复杂，所以我经常工作到深夜，每天能睡两三个小时已经很不错了！"

父亲对我说："西藏是个好地方，你们长大了，学好本领，一定要去西藏，保卫边疆，建设新西藏！"那个时候，我深深地理解了父亲，一种深厚而特别的爱油然而生。

继承遗志奔赴西藏

1985 年年底，父亲的病情恶化，临终前，他向党组织提出了唯一一个请求，请求把他的骨灰送回西藏。1986 年 8 月 1 日，在拉萨父亲亲自率队开垦的八一农场上，当地党政军民为他举行了隆重的骨灰安放仪式。

我捧着父亲的骨灰，第一次来到父亲战斗和奉献终生的西藏，我对着父亲的纪念碑默默下定决心，我要继承父亲的遗志，留在西藏，建设西藏。我向成都军区党委递交了申请，自愿从北京总部机关平调到高海拔的日喀则军分区，我的申请很快得到了批准。我在日喀则军分区工作了近五年，曾八次登上乃堆拉哨所。这里的哨卡沿着山脊走向而建，高低无序，有的甚至根本没有上去的道路，只能攀登而上。

1987年，谭戎生（右）在乃堆拉哨所

走在这些没有路的道路上，站在那些与世隔绝的山顶上，我一次次想起父亲，他伟岸的身躯、坚强的精神引领我向前。

（作者谭戎生系谭冠三的儿子）

先辈小传

谭冠三（1901—1985），湖南耒阳人。1926年加入中国共产主义青年团，同年转入中国共产党。1928年参加秋收起义和湘南起义。新中国成立后，任西藏军区政治委员，中共西藏工作委员会第二书记、监委书记，西藏政协主席，中华人民共和国最高人民法院第一副院长，成都军区顾问。1955年被授予中将军衔。荣获二级八一勋章、一级独立自由勋章和一级解放勋章。

家风讲述人

谭戎生（1941—），谭冠三之子。1960年入哈尔滨军事工程学院学习，次年加入中国共产党。曾在国防科工委、教导大队任职，后遵从父亲遗愿，到西藏边防部队工作，曾任西藏日喀则军分区副参谋长、副司令员，西藏林芝军分区副司令员，1992年调任国防科工委后勤部（现中央军委装备发展部）。

极简家风代代传

刘松柏

　　我的父亲刘型是一位井冈山时期的老红军，母亲程宜萍是一位老八路。我丈夫梁汉平的父亲是一位革命烈士，母亲是我母亲在延安第二保育院工作时的同事。我们父母并没有给我们留下房产和积蓄，只给我们留下了浓浓的家国情怀和艰苦朴素的家风。

一切为了孩子

　　1946 年的冬天，胡宗南率军向延安逼近，妄图一举消灭中国共产党。为了保全有生力量，党中央决定暂时撤离延安。延安第二保育院接到的任务是带着全院 150 余名儿

童向北京转移。

我和丈夫梁汉平都是在保育院出生、长大的，那时我还不满一岁，汉平也只有四五岁，保育院的叔叔阿姨带着我们一路跋山涉水、翻山越岭，向目的地进发。

这一天，我们来到一座雪山脚下，当时北风呼啸、天寒地冻，大人都冻得张不开嘴，讲不了话。怕我们冻伤，保育院的叔叔阿姨把所有能御寒的衣物都盖在我们这群孩子身上，护佑我们安全地翻过了雪山。

翻过雪山就是同蒲铁路，我们穿过同蒲铁路后又开始爬山。陡峭的山路被冰雪覆盖，极难行走。走到一处大拐弯时，山路只剩下窄窄的一条，而且一边是直矗的峭壁，另一边是深不见底的悬崖，路外边只有一块拳头大小的石头，勉强可以作为落脚点。大人能克服困难过去，可骡子呢？骡子背上孩子睡觉用的驮架床呢？一米多宽的驮架床一不小心就会撞到峭壁掉下深渊。而且我们到达大拐弯时已是深夜，借助点点星光，只能隐约看清方向。怎么办？

大家硬是在绝境中想出了办法：一个人在前拉拽缰绳牵引骡子往前偏左跳，另一人在后边托住骡子尾巴和屁股往前偏左推送，在这个瞬间，另外二人在骡子刚要跳起时把驮架床抬起来，等骡子落下时，顺势把驮架床偏左放回骡子背上。这种极考验配合度的一拉一送、一抬一放，把我们一百多个孩子一个个安全地送过了大拐弯。

从延安到北京，一千五百多公里，我们整整走了三年。三年间，孩子不仅一个都没少，还多了三十多个。母亲说，当时保育院的宗旨就是：一切为了战争、一切为了党、一切为了孩子。大人在，孩子要在；大人不在，孩子也要在！

极简的婚礼

1970 年，我刚刚大学毕业，汉平也从部队转业回到北京。一天，两位母亲坐在一起聊家常，回忆战争时期的过往。很快，她们的话题就转到了我和汉平身上。通过这次闲聊，我和汉平的婚事就算定下来了。

那时的婚礼虽然简单，但也流行拍个婚纱照，办个婚宴，或是出去旅行一圈。有的还要准备三大件。可我们的婚礼简单到了极致，直到现在回忆起那天的经历，我依然想笑。

1970 年 10 月 1 日，两位母亲为我们举办了婚礼，礼堂就选在北京六一幼儿院（原延安第二保育院）的食堂里。当时汉平的母亲是幼儿院院长，完全有能力为我们准备一场像样的婚礼，但为了让我们保持初心不忘本，她还是把

婚宴摆在了食堂里，而且整场婚宴只有两位母亲和我们一对新人参加。那天，食堂做的是忆苦饭，也就是糠窝窝和野菜。糠窝窝仅仅是用米糠和麸皮捏成窝窝头的样子，还没有送到嘴边，就在手中散开了。

我们四个人围坐在圆桌旁，一边吃忆苦饭，一边闲谈，母亲们又回忆起在延安生活的日子。她们一再叮嘱我们，不要忘记我们的来时路，只有这样，才能知道将来要走的路。

婚礼结束后，汉平母亲把我们领到了新房——幼儿院废弃的农药仓库。房间里弥漫着呛人的农药味，但我和汉平都不在乎，简单收拾一番，倒也还能住人。没想到，晚上睡觉时我们才发现，这个仓库里竟然还有个天窗，躺在床上就能看见漫天星光，简直太浪漫了！但这间婚房我们只住了两天，因为这是汉平母亲向幼儿院借的。

我们家的婚礼进行曲

其实我和汉平的极简婚礼，并不是我们的原创，我们也是继承了父辈艰苦朴素的家风。

父亲曾对我说，当年在井冈山时，大家都过着极简的军事共产主义生活，无论是毛委员还是战士、伙夫，大家都一

1940年，刘型与程宜萍的结婚照

样，没有鞋子穿，就自己编草鞋；没有被子盖、没有褥子铺，就割稻草当作被褥。这种极简的生活作风被他们带到了延安，1940年父母结婚时，父亲脚上就穿着一双旧草鞋。

新中国成立后，父亲依然保持着勤俭节约、艰苦朴素的优良传统。因为工作需要，组织上给父亲配了专车。可不论发生什么事，父亲都不允许我们使用他的车。即使母亲生了病，父亲也没答应。后来，我把这件小事写在了回忆父亲的文章里。女儿看到这篇文章后，很不理解。

我看着已经长大成人的女儿，思绪万千。这才多少年啊，连红军的第三代都不了解红军、不理解红军精神了！看来红军精神和革命故事真的要年年讲、月月讲、经常讲。

过了几个月，我听说井冈山要办红三代的学习班，便立刻要求女儿无论如何也要参加。女儿很不情愿，因为去学习不仅要自己出路费，还耽误挣钱。我对她说："路费，我给你出，少挣的工资，我给你补，不管怎样，你都得去参加学习！"

女儿勉强同意了。在井冈山，女儿在农民家吃、在农民家住，每天到红色根据地参观学习。在那里，她听到了许多红军故事，了解了红军精神。

女儿回家后跟我说的第一句话是："妈妈，我现在真正理解姥爷了！"那一天，女儿认真记录下她的学习心得。

2001年，女儿要结婚了，她主动提出要穿着红军军装举办婚礼，也许她是想以此来表达对红军的敬仰和对红军精神的继承吧。

我家三代人的婚礼，组成了我们家的结婚进行曲。结

2001年，刘型外孙女梁珊（左六）
穿着红军军装举办婚礼

婚的形式虽有不同，但都是对红军艰苦奋斗精神的继承和发扬，我们将继续努力，走好新时代的长征路！

（作者刘松柏系刘型的女儿）

47

⭐ 先辈小传

　　刘型（1906—1981），江西萍乡人。黄埔军校武汉分校毕业。1927年加入中国共产党。历任红四军连党代表，红13军第38师政委，红二方面军政治部组织部长等职。新中国成立后，任北京地质学院党委书记兼院长，农垦部副部长，中纪委常委等职。

⭐ 家风讲述人

　　刘松柏（1945—），刘型之女，原华北（北京）热电有限责任公司高级工程师。

第二辑

信仰如磐

　　没有革命精神，就没有革命行动，更没有革命的胜利。战争岁月里，共产党人用铮铮铁骨、血肉之躯，筑起守护中华大地的长城。当硝烟散去，世界重归平静，他们依然坚守清正廉洁、爱国敬业、大公无私、艰苦奋斗的精神信仰，不忘初心、牢记使命，为新中国建设继续贡献自己的光和热。全部的爱，只为中国！

★ 家风箴言 ★

我们应该赞美岩石的坚定。我们应该学习岩石的坚定。我们应该对革命有着坚强的信念。

——陶　铸

革命理想，不是可有可无的点缀品，而是一个人生命的动力，有了理想，就等于有了灵魂。

——吴运铎

天下事无所谓大小，只要在自己责任内，尽自己力量做去，便是第一等人物。

——梁启超

献身革命终不悔

李　靖

保卫党中央的警卫员

我的爷爷李克农长期从事隐蔽战线的工作，并担任领导职务。可他的五个子女和我们这些孙辈对他的工作一无所知。小时候我们让他讲故事，他都是讲一些在上海如何撒传单、贴标语之类无须保密的事。直到 20 世纪 80 年代后期，他去世很多年后，我们才对他在隐蔽战线的工作有所了解。

爷爷一生战斗在党的情报战线，可以说中国革命的许多重大历史事件背后都有他的身影。1927 年蒋介石背叛革命，爷爷在上海加入中央特科，其间他打入敌人营垒做卧底，

及时把中央政治局委员顾顺章叛变的消息转报上级，成功地保护了中共中央机关免遭破坏。后来他前往中央苏区，参加了二万五千里长征，到达延安后，他又参与了西安事变的谈判。抗日战争时期，爷爷负责在西安、上海、南京、武汉、桂林等地组建八路军办事处，开辟统一战线。在延安中央社会部工作期间，他参与领导建立了各地秘密情报组织，派地下工作者打入汪伪政府，日本情报机构，国民党军队及中统、军统组织，为我党提供了大量重要情报，为中国革命的胜利做出了卓越贡献……

没有人知道爷爷到底做了多少事。在爷爷的自传里，他对自己一生的总结是："我就做过两样事，一是保卫党中央的警卫员，二是统一战线的尖兵。"

在娘肚子里参加革命

爷爷一生献给了革命，但是他献出的不只是他一个人的一生，而是我们全家。可以说，革命和家，对爷爷来说，是分不开的。我的奶奶赵瑛始终是爷爷的战友，她一直默默地支持着爷爷的工作，独自抚育了五个子女。

1927 年蒋介石发动四一二反革命政变，大肆屠杀共产

党人和进步人士，中国笼罩在一片白色恐怖之中。同年 4 月 18 日，芜湖地区也发生反革命政变，安徽军阀陈调元重金悬赏五万大洋通缉爷爷。

李克农和夫人赵瑛

奶奶从警察局顾问单志伊处得知敌人发现了爷爷的行踪，要捉拿爷爷，奶奶万分焦急，连夜冒着倾盆大雨，雇小船渡长江，不顾自己怀着身孕，踏着泥泞的小路，深一脚浅一脚地走了 4 公里，跑去给爷爷报信，使爷爷和战友化险为夷。奶奶当时还怀着她的小儿子、我的父亲李伦，曾有人开玩笑说，我的父亲是"在娘肚子里就参加了革命"。

舍小家，为大家

1930 年，为了掩护在上海中央特科工作的爷爷，奶奶

带着我时年3岁的父亲李伦和8岁的大伯李治一起来到上海。

1931年4月24日，中央特科负责人顾顺章在武汉被捕后叛变投敌，地下党员徐恩曾的机要秘书钱壮飞得知这一情况后，迅速通知了爷爷。爷爷和陈赓协助周恩来采取了一系列紧急措施，安全转移了在上海的党中央机关和主要领导人，保全了党中央，创造了情报史上的非凡一页，因此他与钱壮飞、胡底被誉为"龙潭三杰"。

一心挽救党中央的爷爷，完全忘了派人通知奶奶和两个孩子。当他处置完各种紧急情况想起家人时，我家已经被军警包围了。多亏一个聪明的通讯员，提前通知了奶奶，奶奶才带着孩子从后门匆匆脱逃。但逃出去的奶奶找不到党组织，只能带着两个孩子流落街头，夜宿菜市场，每天靠一个烧饼充饥。几天后，我大伯李治看到了与爷爷一起在巢湖并肩战斗过的宫樵岩（王少春），母子三人这才有了落脚之地。回芜湖老家前，奶奶在桥头与即将前往中央苏区的爷爷匆匆见了一面，这一别就是六年。

感人落泪的家书

"烽火连三月，家书抵万金。"1934年的一天，家里突然收到一封爷爷从江西瑞金通过一家商号辗转寄来的报平安的信。知道爷爷还活着，全家欣喜若狂！奶奶让才上二年级的我父亲给爷爷写了一封回信，信中写道：

爸爸：

　　我现在已经上小学了，在妈妈和姐姐、哥哥的督促下，认得不少字了，所以能给你写信了。我们全家都很想念你，我更是如此，经常在梦中哭醒。别人的孩子都有爸爸挽着上学，给他们买纸买笔，而我们家穷，没有钱买，我只好用废纸和笔头，有些是姐姐哥哥用剩下的，有些是在路上捡的。但我从不淘气，读书也用功，学习成绩也好。请放心。

李伦

　　这封信让爷爷永生难忘。一些红军指战员看到了这封信，也不禁掉下眼泪。

　　1938 年，在武汉八办（八路军驻武汉办事处）工作的李涛见到我父亲，说："你就是那个写信的男孩吧？我们都看了你的信，很感动。看到共产党人为了革命抛家舍业，让家人如此遭难，都伤心得流泪了。"

爷爷后来在回信中深情地写道："英雄气短，儿女情长，思念家人之情你们是可以想象得到的。"

忠诚党的事业

奶奶从大革命时期就开始为党工作，1938 年正式加入中国共产党。从 1938 年在桂林八办（八路军驻桂林办事处）开始，奶奶一直在爷爷身边做机要秘书，她默默无闻地帮助爷爷料理了很多琐事，是爷爷的贤内助。她和爷爷携手走过了 44 年，他们既是恩爱夫妻，又是革命战友。

爷爷一直珍藏着他和奶奶 1940 年在桂林八办工作时拍摄的一张照片。奶奶去世后，爷爷将这张照片翻拍扩印，送给每个子女一张，并在每张照片背后写下一段饱含深情的文字：

赵瑛同志像

此像（相）片 1940 年中摄于广西桂林八路军驻桂办事处。不幸赵瑛同志于 1961 年病逝于北京肿瘤医院，从此和我们永别了 !!! 回顾二十一年中，埋头工作，辛勤劳动，扶老携幼，苦了一生！特留此遗照，以表哀思。

李克农一九六一年八月八日（立秋日）

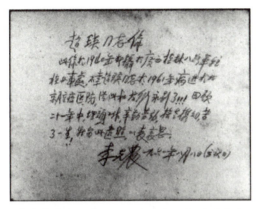

李克农在合照背后写下纪念夫人赵瑛的文字

全面抗战爆发促成第二次国共合作之后，爷爷把全家都带到武汉，并安排人送我的大姑李宁、大伯李治、二伯李力，以及一些烈士子弟去延安。当时大姑 20 岁，大伯 16 岁，二伯只有 14 岁。

临行前，爷爷对三个孩子说："我们已经没有家了，党就是你们的家。你们无论到哪里去，都要以党为家，忠诚党的事业。你们要学点真本事，要做实实在在的人，不能油滑，也不能像卖狗皮膏药的那样搞花架子。"

我父亲李伦当时只有 11 岁，便跟着爷爷从武汉到了桂林。1939 年，年仅 12 岁的父亲在桂林八办当了一名小八路。爷爷安排他到勤务班当勤务兵，负责打扫卫生、送报纸等工作，后来父亲又去电台班学报务。1941 年党中央决定撤销桂林八办，父亲这才跟随爷爷奶奶回到延安。

一家人在延安短暂团聚后，又分别走上不同的革命道路，临行前他们在延安窑洞前照了这张全家福。

1941年李克农携全家在延安窑洞前合影

忠诚家风代代相传

爷爷奶奶和无数无产阶级革命先辈一样，最大的特点就是"忠"，忠于党，忠于党的事业。为革命抛家舍业，鞠躬尽瘁，死而后已。

奶奶去世后，爷爷悲伤过度，身体每况愈下，他知道留给他的时间不多了，他要在有限的时间里，为那些战斗中牺牲的无名英雄，以及隐蔽战线的同志做一些事，让他们"死有所安，老有所养，幼有所寄，鳏寡孤独，各得其所"。他带了一行人去上海，收集特科档案，拜访隐蔽战线的老同志，回来后，他写了八万多字的材料交给党中央。几个月后爷爷永远离开了我们。他把自己的一生、自己的全部交给了党。

李靖与爷爷李克农

作为后代，我们应该努力学习先辈的精神。"李克农后代"这几个字，对我们来说意味着一种使命、一种责任，催我们奋斗。从前辈身上我们学到了革命者的优秀品质，我们要把红色基因一代代传承下去，让红色江山永不变色。

（作者李靖系李克农的孙女）

⭐ **先辈小传**

　　李克农（1899—1962），安徽巢湖人。1926年加入中国共产党，1928年在上海加入中央特科，1931年前往中央苏区，参加了二万五千里长征。抗日战争时期，负责组建各地的八路军办事处，1941年调任中央社会部，任副部长、部长。新中国成立后，任中央军委总情报部部长和中共中央情报委员会书记，外交部副部长，解放军副总参谋长，中共中央调查部部长等职。1955年被授予上将军衔。荣获一级八一勋章、一级独立自由勋章、一级解放勋章。

⭐ **家风讲述人**

　　李靖（1951—），李克农孙女。1968年入伍，1971年加入中国共产党。先后在北京邮电医院、中国有色金属工业总公司、解放军总后勤部管理局工作。现为家风家国宣讲团、井冈山红军人物研究会成员。

廉洁自律铸新风

罗小明

新中国成立不久，我的父亲罗舜初和母亲胡静结束了多年的征战生涯，投身新中国建设的伟大征程。我的父母作为共产党员，不忘初心，严于律己，始终保持着党和军队在战争年代形成的光荣传统。

干大事未必要住大房子

1950年6月，中央军委任命父亲为海军参谋长，母亲也调入海军后勤部工作，我们全家迁入北京。1952年父亲任海军副司令员，那时海军领导机关尚处于初建阶段，人员不多，住房不算紧张，分配给父亲的住房十分宽敞。随着机构不断健全，大批干部陆续调入北京，住房开始日渐紧张。父亲见状毫不犹豫地将分配给他的住房腾出一部分，供新来的干部周转居住。

1960年夏天，父亲离开海军进入解放军政治学院学习。父亲严格执行人走家搬的规定，退还了在北京的住房。

1962年6月，父亲被任命为国防部第十研究院院长，院里想给他买一处环境幽静的四合院，父亲知道后坚决不同意。就这样，他带着我们一家人在一处普通的单元房里住了十几年。父亲认为，干大事未必要住大房子、好房子，住在普通的房子里，同样可以干好工作。

公车只能用来干公家事

在战争年代，我军最好的交通工具是马匹。到了解放战争中后期，指战员们可以和指挥机关挤在缴获的中吉普或卡车上边办公边行军。

进城以后为了提高工作效率，国家给军级以上领导干部配发了专车。可父亲除了自己上下班和外出开会用车以外，从不为私事使用汽车。

一天，有位父亲的战友请我们全家去观看话剧《万水千山》，秘书担心路途远路上不安全，建议父亲乘坐专车去，遭到父亲严词拒绝，他说："战友请我看戏是私事，怎么能用公家的车呢？"然后父亲高高兴兴地带着我们乘坐公共汽车去看话剧。

父亲有一个爱好，每个月都要去北京王府井新华书店购书，但他每次都是乘坐公共汽车往返。那时，北京的公共交通还不发达，线路、车次都不多，去王府井新华书店，不仅等车时间长，车上更是拥挤不堪。尽管如此，父亲也从没有动过用专车的念头。

父亲这样严于律己得到了母亲的全力支持。母亲转业前在海军政治部工作，她每天上下班从不搭乘父亲的便车，即使下大雨，她也是撑着雨伞或披着雨衣步行上下班。

一篮小菜也不能收

战争年代我军实行的是供给制，指战员们每个月只有微薄的收入。父亲把这点钱统统交给警卫员保管，由警卫员负责为他购买书籍和香烟。1956年，随着军衔制的实行，供给制转为薪金制，父亲每月的薪金数目可观，但他一如既往，薪金依旧由警卫员代领代管。

父亲和母亲多次明确提出，任何人都不能以任何理由和借口到警卫员那里支取父亲的薪水，日常生活和学习中需要用钱的时候可以向母亲说明缘由，由母亲从她的薪金中给付。即使这样，父亲去世的时候，由警卫员保管的薪金却只剩下两千多元。父亲和母亲老两口每个月的房租、水电费、伙食费花不了几个钱，父亲这几十年的薪金都到哪里去了呢？

原来，有一年父亲的家乡发大水，冲毁了一段乡村道路，乡亲们纷纷来信，希望父亲给市县领导打个招呼，拨些钱款修路。父亲详细了解了道路损毁情况后，回信表示：国家财政有困难，我们不要给国家添麻烦。随即他将自己几年来的薪金节余全部寄回老家用于修路。

父亲一生廉洁，从不收受任何礼品。有一次他从锦州乘吉普车回家，下车时发现警卫员从吉普车的后备箱里拿下一篓小菜，连忙问这是怎么回事。警卫员报告说，是临上车时驻军管理部门送的。当天晚上，父亲让母亲代笔写了一封信，说明退还小菜的理由。第二天一早，父亲就让警卫员把这些东西退回去，并对警卫员说："往返火车票和你在路途上就餐的钱都从我的薪金中出。"有人觉得警卫员往返的路费远远超过了这篓小菜的价值，这样做未免小题大做。父亲不以为然，他就是要用这件事鞭策自己，也告诫大家。

对子女严格要求

红军时期，父亲曾在毛主席、周副主席和朱总司令身边工作多年，但他从来不在他人，尤其是我们这些孩子面前提及自己的过往，就怕我们产生优越感。为了防止我们养尊处优，父亲和母亲效法中央首长，让我们到大食堂按连队士兵的伙食标准就餐，不得超支、不能浪费，餐后还要主动帮助炊事班打扫餐厅和清洗餐具。

为了让我们长大后能更好地融入社会独立生活，很小的时候母亲就手把手教我们缝补衣裳、洗衣裳等生活技能。

父亲和母亲不仅在生活上严格教育我们，在工作和学习上也要求我们不能有任何松懈和马虎。1970 年大学恢复招生，负责院校招生工作的一位领导没和父亲商量，便将我弟弟送到清华大学学习。父亲知道后狠狠批评了经办人员，并责成他们立即为我弟弟办理了退学手续。

父亲这样严格要求我们，并不是不疼爱我们，据父亲的警卫员说，父亲每天加班到深夜，回到家里第一件事就

是看望熟睡中的我们，并为我们盖好踢掉的被子。

1981年2月24日早上，自知不久于人世的父亲用微弱的声音断断续续地对正在抢救的医护人员说："你们的工作完成得很好，谢谢大家！都回去休息吧。"当天下午，父亲溘然长逝。

母亲按照父亲生前遗愿，带领全家将父亲的骨灰撒在他曾经战斗过的沂蒙山区和辽沈大地，让他与战争中牺牲的战友们永远相伴。

父亲和母亲心中只有人民，只有革命，从来不为自己的小家谋利。这点点滴滴的细节体现了他们的高尚情操，是我们一生学习的榜样。

（作者罗小明系罗舜初的儿子）

罗舜初（1914—1981），福建上杭人，1929年加入中国共产主义青年团，1931年参加工农红军，1932年加入中国共产党。新中国成立后，历任中国人民解放军海军参谋长、第二副司令员，国防部第十研究院院长等职，为中国革命和军队建设特别是创建海军及发展国防工业贡献了毕生精力。1955年被授予中将军衔。荣获二级八一勋章、一级独立自由勋章和一级解放勋章。

★ **家风讲述人**

罗小明（1953—），罗舜初之子。1968年入伍，在海军北海舰队服役期间，选调入北京大学西语系学习。1980年入海军指挥学院合成指挥系学习。1985年任海军司令部办公室外事秘书，1991年退出现役。现为自由撰稿人。

默默耕耘不问名

葛元仁

多做实事，不图功名

我国首次核试验成功后，父亲葛叔平立功受奖，不少同志前来祝贺，但父亲总是说："一次核试验要花多少钱啊，没有工人农民创造的物质财富，试验是不可能进行的，要说功劳，首先是全国人民的功劳，我们只是做了自己应该做的工作。"

父亲要求我们"多做实事，不图功名"。他自己是这么说的，也是这么做的。

父亲一生中参加了一百多项重大尖端军事工程的研制工作，获得了26项科研成果，填补了不少军事科研的空白。

他一生荣立一等功一次、二等功四次、三等功一次，总部通令嘉奖一次，两次获得"国家科学技术进步奖特等奖"，但他从来不炫耀自己，甘愿默默无闻。

父亲 75 岁离休后还念念不忘我国国防事业的发展。按照总装备部（现中央军委装备发展部）的请求，他提出了我国各类导弹发展的书面意见。他这种生命不息、奉献不止的精神深深打动了我。

"没有毛主席、共产党，中国能有今天吗！"这是父亲临终前讲的最后一句话。

学习理论，联系实际

平日里，父亲跟我们说的最多的是"学习如逆水行舟，不进则退""少壮不努力，老大徒伤悲"。他要求我们抓紧一切时间学习。

他自己不抽烟，不喝酒，也没有其他嗜好，业余时间除了读书看报，就是到资料室、图书馆查资料。

他很注意我们的教育问题，教导我们树立正确的人生观，也注意培养我们对科学的兴趣。小学五六年级时，父亲从部队图书馆借回《红旗飘飘》《星火燎原》等图书给

我们看，让我们了解革命历史。北京天文馆刚落成，他就带我们去参观，给我们讲天文知识。

一个冬季的晚上，父亲带我们去部队大澡堂洗澡，走到被大雪覆盖的大操场时，他让我走斜线，他和大弟弟走操场的直角边，给我们讲解"三角形两边之和大于第三边"。

父亲是我的榜样，我一直学习他理论联系实际的学风。

插队期间，我利用平面几何知识解决了两个生产队间长期存在的地界纠纷；用自己初中学到的土壤知识，带领农民采取"生土回填、阳土上翻"的方法平整田地，保留了能够保存水、肥的表层土；根据盐碱地、水浇地、旱地的不同土质情况确定了不同小麦品种的种植；结合植物学中的施肥知识，带领农民到25公里外的山里拉含磷的腐殖质。经过三年努力，全村小麦亩产量从273斤提高到412斤。我因此被评为全县知青模范，并加入了中国共产党。

母亲教育我公私要分明

我上小学三年级时，正值通信兵部的基建工程完工，放学时我和小伙伴们路过已经撤走的施工队临时木工房，发现不少"下脚料"可以刻手枪、旋陀螺、钉小板凳。大家便挑了一些拿回家，我和大弟弟也拿了几块，放到了厨房的角落里。

母亲下班后发现了这些木块，就问我们这些木块是从哪里来的，我说是在木工房捡的。母亲听了脸色一沉，严肃地对我们说："怎么能把公家的东西拿回家？"

母亲不听我们解释，坚持要我和弟弟立即把木块送回营房科。我们俩摸黑把木块送回了营房科，交给了值班员，并且做了深刻检讨。此事在我们幼小的心灵上留下了深深的烙印："公家的东西不能据为己有。"

20 世纪 90 年代，我回上海过年。看到小弟弟兼职的乡镇企业过年送来鸡鸭鱼等农产品。母亲问我："你小弟弟会不会犯错误？"我估计是小弟弟给人家帮忙，没要钱，过年了，人家送的。

小弟弟回来后，我们一问果然如此。母亲对他说："帮助群众解决问题是应该的，但毛主席早就规定'不拿群众一针一线'，你立刻按照市场价折算成钱，退给人家。"

父亲 75 岁才告别工作岗位，我和大弟弟带了很多土特产，分别从太原和石家庄乘同一趟列车到上海看望他。出发前我们就打电话告诉父亲，希望他按照离休干部用车规定，派车到火车站接我们一下。

当我们费力地把携带的东西搬到出站口时，只见父亲一个人站在那里。我问他："车呢？"他回答："私事，用什么公家的车？打车！"父亲的言行对我们影响很大。我们不占公家便宜、不占群众便宜的习惯就是这样养成的。

听党的话，服从组织安排

1968年，我高中毕业了，学校分配我到农村插队。母亲怕我想不通，对我说："社会上各项工作都需要有人做，组织上让你去农村，就说明那里有工作需要你做。"

1972年，我因病回家治疗，从部队农场回来的父亲详细询问了我在农村的情况，深有感触地说："你们这些孩子都是在蜜糖里泡大的，就应该到农村去吃吃苦，知道劳动人民生活的艰辛。"

1957年，母亲响应毛主席关于干部参加劳动的号召，主动要求前往部队农场。我看到她毫无怨言地在又脏又臭的猪圈里喂猪、起圈，十一放假时还把一起劳动的阿姨们请到家里包饺子过节，心里深受触动。

父亲参加首次核试验时，在戈壁滩上喝苦碱水，住帐篷，没有蔬菜吃，还经常遭遇沙尘暴，他回来时又黑又瘦，

整个人都脱形了，开门的瞬间，我和小弟弟都不认得他了，但父亲从来没有抱怨过基地生活如何艰苦，而是用革命乐观主义的态度给我们讲他在戈壁滩上遇到的新鲜事。

父母的言传身教给了我很大的影响。我在农村插队七年多，从来不叫苦叫累，和农民打成一片，学会了所有农活，成了每天能挣 10 工分的壮劳力。担任民办教师时，我不仅认真教书，还特意从家里带了一把理发推子，给全村的男孩子免费理发。后来，我因为教学成绩优异被评为全县优秀教师。

我对父亲怀着深深的歉疚，我们一直认为他只是一个单纯的技术干部，当我们清理他的遗物，看到他在读过的理论书籍中做了大量的读书笔记时，我们才真正理解了父亲。

他一生忠于党，在科研工作中严谨认真、一丝不苟，处处为国家着想，他的思想境界永远是我们后代学习的榜样。

（作者葛元仁系葛叔平的儿子）

⭐ 先辈小传

　　葛叔平（1916—2007），抗日战争时期在党的引领下走上了革命道路。中国人民解放军通信和测控专家，首次核试验委员会委员，遥控遥测装备系统总设计师、通信测控专家，现场技术副指挥。东方红卫星和第一颗返回式卫星控制系统总设计师，两次荣获国家科学技术进步奖特等奖。

⭐ 家风讲述人

　　葛元仁（1947—），葛叔平之子。1975 年加入中国共产党。高级工程师，国家注册电气工程师，国家注册监理工程师。中国社科院世界社会主义研究中心特邀研究员，中国红色文化研究会学术委员会委员。

父亲的日记情结

萧南溪

一切为了纪念

我的父亲萧锋本是一名放牛娃，因为生活所迫，他9岁时离开家，成了裁缝铺的一名小学徒。1927年，他在渡船上结识了改变他一生的人——吉安白鹭中学的女学生萧曼玉。父亲所在的裁缝铺就在白鹭中学旁边，他和萧曼玉经常见面，两人很快就成了无话不谈的好朋友。

白鹭中学有着近八百年的历史，20世纪20年代中期就有了党组织，萧曼玉在学校接触到共产主义思想，她用这种先进思想影响父亲，并带领父亲走上了革命道路。

父亲不识字，每次战斗结束后，战报都得交由萧曼玉代笔。一次战斗结束后，萧曼玉对我父亲说："光会打仗冲锋不行，没有文化就不能更好地提高自己的作战水平，就做不好宣传工作。"

从那以后，萧曼玉每天教父亲读书识字，还送给他一本《共产党宣言》和一本《工农三字经》。父亲在萧曼玉每天坚持不懈的辅导下认识了一个又一个汉字，懂得了一个又一个词语。

后来，萧曼玉建议父亲，用记日记的方法来巩固学到的文字。于是，父亲开始用五颜六色的包装纸，用缴获的钢笔、铅笔"写"日记。渐渐地，父亲已经从最初的"鬼画符"日记，逐渐可以完整地记录战斗过程了。

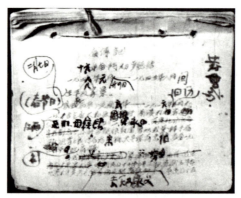

萧锋在 1927 年至 1945 年间撰写的日记

1932 年，他们在互帮互学的战斗中修成了正果，萧曼玉成了我的红军妈妈。1933 年，他们被派往瑞金列宁团校学习。在那里，萧曼玉送给父亲一本四角号码字典，这本字典直到今天仍保存在我家里。1934 年 8 月，时任公略县少共书记的萧曼玉带着孩子随县委机关转移时，遭到国民党飞机的轰炸，不幸牺牲。从此，父亲写日记有了更深一层的含义——每一篇日记都是对我红军妈妈萧曼玉深深的哀思和纪念。

一切为了怀念

1944 年 8 月，父亲和母亲带着为陕甘宁边区补充的 850 名新兵从晋察冀抗日根据地出发，前往延安。在定襄县，他们遭遇了敌人的围追堵截，怀着身孕的母亲不顾危险，带着二十多人的小队，将敌人引开，掩护父亲和大部队顺利通过了北同蒲路。但负责引开敌人的小队，被敌人逼上了悬崖。父亲的警卫员临危不乱，用绑腿系成的绳子，成功化解了危机。经过三天的艰苦斗争，母亲终于与父亲团聚。

大部队继续前进，很快就进入延安境内，只要再穿过

萧锋在 1945 年重新整理的日记
（现藏于中国国家博物馆）

一条干涸已久的河床就能到达目的地了。母亲背着装有父亲日记的蓝布包、骑着驮着全部家当的骡子走在队伍最前面，他们刚踏上干涸的河床，上游就流下来细细的水流。接着，一阵狂风暴雨袭来，山洪暴发了，瞬间，河床里的水就齐腰深了。母亲猝不及防地被掀倒在河里，父亲不顾一切去救母亲，但母亲首先想到的是把装有日记的蓝布包递到父亲手中。

在众人的共同努力下，大部队终于安全抵达延安。刚刚抵达延安，母亲就生下了我。母亲一边照顾我，一边将被水打湿、字迹模糊的日记重新誊抄一遍。父亲也利用在延安养病的时间，分别找毛主席、周恩来、朱德、聂荣臻等领导人，以及自己的战友，逐一核对日记的细节，力求准确。

到了晚年，父亲再次将这些战地日记找出来，在母亲的陪伴下，自掏腰包，四次南下北上，重走长征路，重回历次浴血奋战的战场，重访各个历史时期的革命根据地，比照着从总参谋部借来的地图，逐一核对日记中的细节，绘制长征路线地图。

后来，他又买了四台打印机，把三百多万字的日记打印成册。1988年夏天，父亲可能预感到自己所剩时间不多了，于是夜以继日地整理材料。家里小咬多，咬得他没办法安心工作，我给他买了一个尼龙蚊帐，在蚊帐里，给他点上一盏小灯，让他在蚊帐里工作。一天，我半夜醒来，看见父亲房间的灯还亮着，就下楼去看。见他还在伏案整理日记，我劝他说："爸爸，半夜了，别写了。"

晚年正在整理日记的萧锋

父亲抬起头，我这才发现他脸上全是泪水，稿纸上也是泪痕斑斑。我从来没有看过父亲哭得那么伤心，就问他："爸爸，你哪里不舒服吗？"

父亲说："孩子，我那些好战友牺牲的情景好像就发生在昨天，我越想越难受。他们有的比我有能力，有的比我有文化，有的比我会打仗，但是他们都走了，我是在死人堆里爬出来的幸存者。"

我瞬间明白了，他这么拼着老命也要写下他经历的血与火的悲壮，就是要让我们后人记住他们那代人为了新中国、为了信仰前仆后继、抛头颅洒热血的真实历史，就是要把革命先辈的精神传承下去。

1991年2月1日，父亲全身浮肿，我们想把他骗去医院住院，到了医院，父亲一听说要住院，抱着车门说什么也不肯下车。万般无奈，我们只好送父亲回家，经过天安门广场时，父亲让母亲摇下车窗，他顶着凛冽的寒风，对城楼上的毛主席像行注目礼，好像在对毛主席说：毛主席老人家，我很快就要到你那儿报到了，我已经基本完成了你交给我的任务，我的日记就快整理完了。

当天晚上，他又趴在桌子上写日记，但他只写了100多个字，就永远地停下了……那一刻父亲的身躯永远定格在书桌上。

1991年2月2日凌晨4点，他永远地离我而去。

父亲写了一辈子日记，即使在炮火纷飞的战场上，也从未中断过。他的日记不仅记录了第一、第二、第三、第五次反"围剿",记录了红一方面军的二万五千里长征,还记录了晋察冀艰苦卓绝的抗日战争,记录了华东、中原两大战场的三年半解放战争,记录了"魂系坦克三十载"的和平年代,他整整写了 64 年,直到他生命的最后一刻。

萧锋辞世前的最后一篇日记

父亲用生命写下的日记,不仅是留给我的传家宝,更作为革命文物珍藏在中国革命历史博物馆(今中国国家博物馆)中。

一切为了传承

父亲走了,看着他房间里静静躺着的堆积如山的文字

材料，我百感交集，想起父亲对我说的话："日记不仅仅是我个人的历史，它是我们这一代人，在党的领导下创造的历史的一个侧面，我不能带着它去见马克思，一定要把它整理出来，留给后人。"我是一名化学老师，我不教书了，随时都有人接替我的工作，可父亲只有我一个女儿，整理父亲的材料，完成父亲未竟的事业，只有我来担当！

于是，我提前退休，拾起父亲留下的纸笔，用三十年的时间，走访了数百位战争亲历者，一一核对他们的事迹。

我又到中央档案馆、国家图书馆、厦门大学等二十多个单位，搜集查找档案和文献史料。

终于，在朋友们的帮助下，我将父亲一千多万字的文字材料整理出来，先后出版了《萧锋征战记》《金门战役纪事本末》《萧锋夫妇画册》《长征日记》等四本图书，现在还有一本八十多万字的《萧锋回忆录》准备出版。

之后，我又协助中央电视台拍摄了《萧锋血战陈庄》，受到了观众的好评。

我去了父辈们战斗过的湘江战役战场、百团大战纪念地、福建平潭战役战场、金厦战役战场，还在"天下第一奇庙"等地方祭拜先烈。我还找来赞助，协助山西平定县在娘子关建立了"血战磨河滩战斗旧址"纪念园，在三大红军主

力都走过的毛儿盖神仙山上建起"红军精神万万岁!"纪念碑……

父亲离开我已经三十多年了,但我感到父亲时时刻刻陪在我身旁。父亲用一生写就的人生日记是我前行的动力,也是我人生的陪伴。在传承的路上,我永远握紧父亲交给我的接力棒!

(作者萧南溪系萧锋的女儿)

⭐ **先辈小传**

　　萧锋（1916—1991），江西泰和人。中国人民解放军少将，新中国成立后，任原北京军区装甲兵副司令、顾问。荣获二级八一勋章、二级独立自由勋章、一级解放勋章、一级红星功勋荣誉章。在 64 年的革命生涯中，萧锋坚持写日记。离休后，他根据日记整理出一千多万字的回忆材料，出版了《长征日记》《十年百战亲历记》《回顾金门登陆战》等著作。

⭐ **家风讲述人**

　　萧南溪（1945—），萧锋之女。陆军装甲兵学院（原装甲兵工程学院）副教授，多年来致力于红色历史的传承、宣讲工作，协助父亲整理出版了多部著作。

重走父辈进藏路

芦继兵

我的父亲夏川是第一批进藏的中国人民解放军老 18 军官兵中的一员，他为西藏人民的幸福生活操了一辈子心，为西藏的发展奉献了他的一生。

纯属偶然的进藏

1950 年 2 月 12 日，时任 17 军宣传部长的父亲正准备前往第五兵团指挥部，向兵团首长汇报贵州文教系统的接收情况，在指挥部门口，父亲偶遇了他的老首长，时任 18 军军长张国华。

交谈中，张国华军长拉着父亲的手笑着说："18 军要进军西藏了，我想让你一块儿去执行这个艰苦任务，干不干？"

父亲没有犹豫，当即接受了张国华军长的邀请。没想到，第二天一早，父亲就接到了调任18军宣传部长的命令。父亲匆匆收拾行李，告别了17军的首长和战友，前往18军驻地乐山报到。

到达乐山后，父亲立刻围绕"进军西藏，经营地方"这一宗旨，组织了18军进军西藏誓师大会，并拟定了"18军进藏的24条进军口号"。

夏川在进藏誓师大会上领呼口号

就这样，父亲和18军官兵一起，踏上了进军西藏的艰难征途。当部队到达康定时，学生、百姓、当地的党政军领导同志，以及各界爱国人士纷纷走上街头，列队欢迎进藏部队，父亲看到这个场景，更加坚定了扎根西藏的决心。

进藏的路越发难走，父亲和战友们一起爬雪山蹚冰河，吃尽了苦头。但强烈的使命感、责任感，以及革命军人对党和国家的绝对忠诚信念支撑着父亲，让他无论在艰苦卓绝的进军途中，还是在到达拉萨之后开展复杂、细致的统战工作中，都做出了突出成绩。为了和藏族同胞更好地沟通交流，父亲还带头学藏语、吃糌粑、喝酥油茶，很快就拉近了与藏族同胞的距离。

在大渡河铁索桥上，张国华给夏川讲
强渡大渡河的故事

愿在边卡度余年

1955 年，父亲因工作需要，调任八一电影制片厂。他人虽然回到了北京，但他的心始终没有离开西藏，所有与西藏有关的新闻、作品，他都极为关注。

1981 年，63 岁的夏川二次进藏

1981 年，已经年过花甲的父亲，怀着异乎常人的勇气和热情，在阔别西藏 26 年后毅然重返西藏。父亲在日记中写道："人虽迟暮性如火，满怀豪情返高原；谨向亲朋明心志，愿在边卡度余年。"那一刻，父亲决心要把他的毕生精力奉献给西藏人民。

第二次进藏，父亲出任西藏自治区党委常委、西藏自治区政协副主席，兼任西藏军区副政委。在西藏军区，父亲多次深入基层，到边防哨所慰问、视察，他曾在极度缺氧的情况下，两次到海拔 5300多米的查果拉哨所看望那些"立足雪山、放眼天下""长期建藏、以边疆为家"的英雄战士，并为他们写下最诚挚的赞歌。

为了更好地加强西藏文化宣传工作，父亲呕心沥血，积极筹备西藏文学艺术工作者联合会。1981年10月16日，在父亲的关心和领导下，西藏文联正式成立。父亲始终关心着西藏自治区内文学艺术事业的发展，为推动西藏文学艺术的繁荣发展做出了巨大贡献。

我辈的传承路

父亲的一言一行和他的西藏情结，影响了我们的一生。

父亲一生牵挂着西藏，总想再为西藏多做一点贡献。父亲去世后，根据他的遗愿，我们把他葬在了查果拉哨所，他也成为唯一一位在查果拉哨所和战士同眠的军区首长。所以我们希望能够继承父亲的初心使命，继续扎根西藏，为西藏做贡献。

我当兵进藏的时候，父亲送给我一个笔记本，他在笔记本的第一页郑重写道："慎言勤苦、防骄尊上、团结进步、长期建藏。"

我妹妹卢小飞和妹夫朱晓明从北京大学中文系毕业后，主动要求进藏工作。妹妹到了西藏之后，在《西藏日报》

当记者，后来当了《人民日报》驻西藏记者站的首席记者。妹夫在西藏自治区党委宣传部当干事、处长、宣传部长。最后在藏学研究中心党组书记任上退休。他们在西藏工作多年，为西藏做了很多贡献。

虽然我们都没有长期在西藏工作，但我们的心还是和西藏紧紧连在一起。

妹妹卢小飞和妹夫朱晓明

2001 年和 2020 年，我两次带队，带领老 18 军子弟小分队，翻过几十座大山，穿过上百条冰河，重走父辈的进藏路。一路上，我们去看望、慰问了至今仍扎根高原，仍在为西藏的繁荣富强做贡献的老 18 军同志，凭吊祭奠了埋葬在川藏线沿途的老18军的先烈，告慰他们：你们的后代永远不会忘记你们，祖国和人民永远不会忘记你们！

重走进藏路，我们切身体会到父辈"第二次长征"的艰难困苦，也更深刻地感悟到父辈铸就的"老西藏精神"的内涵。作为老18军子弟，我们是"老西藏精神"的传承者，要让父辈铸就的"老西藏精神"，不断发扬光大，代代相传。

（作者芦继兵系夏川的儿子）

⭐ 先辈小传

　　夏川（1918—2005），河北平山人。1935年考入
北平新闻专科学校，参加了"一二·九"运动。后参加
中华民族解放先锋队、山西青年抗敌敢死队，1938年
加入中国共产党。新中国成立后，历任西藏军区宣传部
长兼文化部长，八一电影制片厂副厂长，西藏军区副政
委，西藏政协副主席，中国文联第四届全委会委员，中
国解放区文学研究会副会长等职。

⭐ 家风讲述人

　　芦继兵（1948—），夏川之子。中国人民解放军
装甲兵工程学院（现陆军装甲兵学院）指挥管理系主任，
大校军衔。曾任坦克连连长、参谋长、坦克团团长等职，
荣立三等功五次，二等功一次。

我要做党的好女儿

时欣生

我的母亲宋振平是革命烈士宋绮云、徐林侠的长女，也是共和国年龄最小的烈士"小萝卜头"宋振中的大姐。作为烈士的后代，她一生都在传承革命精神，努力实践"做一个党的好女儿"的初心。

党救了我的母亲

外婆因为追随外公革命，被国民党逮捕，关押在江苏省苏州市司前街国民党监狱。1929 年 11 月 16 日，外婆在监狱中生下了母亲宋振平和二姨宋振苏。外婆身体虚弱没有奶水，双胞胎姐妹在寒冷的冬天没有衣穿，外婆想尽一切办法，才保住了两条小生命。经地下党组织和亲友们的营救，八个月后母女三人终于回到江苏邳县的外婆家。

母亲 10 个月大时，外婆按照党的指示，到西安协助外公从事统战工作，因为无法同时照顾两个孩子，外婆只能忍痛把母亲留在了乡下，带走了二姨。1935 年，已经 6 岁的母亲，才在西安第一次见到自己的爸爸和日思夜想的妈妈。她开始上学读书，目睹了西安事变前后父母的忙碌，学会了在门口放哨和传信。1937 年七七事变后，母亲随她的外婆回到了苏北老家，从此再也没有见过她的父母。

母亲 9 岁时，她的外婆去世了。母亲当时在地主家当丫鬟，险些被进村扫荡的日本鬼子杀害，走投无路，她只好到尼姑庵当了小尼姑。1940 年，党组织和外公外婆的同事凑钱，买了一头黑毛驴送给尼姑庵，才把母亲从尼姑庵里"换"出来。母亲常说："如果没有党和亲人们的搭救，我可能要做一辈子尼姑了。"

母亲 13 岁时，被当地中共地下组织成员程霞云老人收养。在养母的抚育下，母亲积极参加抗日救亡活动。

党培养了我的母亲

1948 年秋，家乡解放了，母亲随养母一路乞讨回到老家，和乡亲们一起投入到热火朝天的淮海战役支前工作中。她走村串户、动员群众，组织大家缝衣、做鞋，把一捆捆鞋袜、冬服、棉被送给部队。

苦难的生活经历和血与火的斗争锻炼了母亲，在淮海战役大决战中，母亲光荣地加入了中国共产党。

正当她万分高兴之时，一个晴天霹雳从天而降：1949 年 9 月 6 日，民族英雄杨虎城及其幼子、女儿被国民党特务杀害，外公外婆及他们 9 岁的幼子宋振中一并在重庆歌乐山遇害。这个消息让母亲悲痛万分！国仇家恨一齐涌上心头。在养母的支持下，母亲一人闯到南京，考入了中国人民解放军第三野战军通信学校。

宋振平军装照

1951 年 3 月，母亲毕业后被分配到中央军委通信兵部工作。一天，周恩来总理来到通信兵部会见苏联专家，得知母亲是宋绮云烈士的女儿时，他握着母亲的手把她拉到身边。周总理回忆起西安事变时去外公家的情况，还专门提到在外公家门口的大树下有两个小女孩在玩耍。

母亲当即说："那就是我和双胞胎妹妹振苏，我俩正在门口放哨哩！她现在在炮兵部队工作。"

周总理听后说："你们现在都是军人了，不要忘记祖国有今天，人民有今天，是无数革命先烈用生命和鲜血换来的，要永远记住他们……"他还对王净部长说："她是咱党的女儿，要好好关怀教育培养。"从此，年长的首长们常温馨地称母亲为"我们的大女儿"。

终生报党恩

20世纪60年代初，物资紧缺，生活困难。母亲一到星期天就带着机关的姐妹们骑车到山上和田野里挖野菜、找野果、摘槐花、捡柿子……她鼓励大家相信党和政府，一起战胜困难，共渡难关，为党分忧。

1980年以后，每年都有一些工资晋级的名额，但母亲每次都把名额让给那些工资低的同志。她说："帮一个人就等于帮助一家人了。"离休时她的退休金比同样资历的人低一截，她淡然地说："党和人民给我的钱已经够花了。"

1984 年前后，她又把两次分新房的机会让给了无房户和困难家庭。那时，我们几个子女有的借住在外单位，有的面临转业无房居住的困难。但母亲说："父母的光你们不要沾，还是靠你们自己去解决吧！"

宋振平一家合影

2008 年 5 月汶川大地震，母亲积极响应党中央号召，带头交了支援灾区的"特殊党费"。

母亲一生中，曾多次向受灾群众捐衣捐钱，帮困难孩子交学费，帮生活困难的同志渡过难关。母亲始终对党感恩，对人民怀着深厚的感情。

弘扬烈士精神

1961年，小说《红岩》出版后，母亲读了深受感动。她在做好本职工作的同时，开始有意收集整理史料，对青少年进行革命传统教育。

母亲曾多次到省图书馆、档案馆和院校图书馆查阅当年各种报刊，收集外公发表过的数十篇诗词和文章；到关押革命烈士的白公馆、渣滓洞等地查看亲人被关押、遇害的地方，了解当年亲人及其他同志与敌斗争的故事；多次拜访《红岩》小说中华子良的原型——韩子栋老人，他曾和外公外婆关在一间监狱里；拜访与外婆在女牢里一起生活斗争、后来脱险的幸存者及其后代。母亲甚至还访问了当时的特务刽子手。在大量的调查走访研究后，母亲将收集整理出来的资料及实

宋振平在学校做讲座时，学生为其献花

物捐赠给重庆红岩革命历史纪念馆、江苏邳州小萝卜头纪念馆。她还把对党的感恩、对烈士的追思，写成六万多字的文章，这些文字被编入书籍和报刊杂志中。

母亲一生做过五千余场演讲，向全国的青少年朋友们讲述革命先辈的故事，直到她去世，还保存着八百余条在学校演讲时少先队员送给她的鲜艳的红领巾，收藏着来自全国各地的上千封信件、明信片和贺年卡。

母亲常常告诫我们："咱们家是烈士家庭、党的家庭，你们要珍惜今天来之不易的幸福生活。我不求你们成多大材、当多大官、有多大权，只希望你们努力学习，自我奋斗，为党的事业做贡献；要给父母争气，给家庭增光，绝对不可以给党、给家庭抹黑。"

2013年11月26日，母亲因病辞世。弥留之际，她躺在病床上哼唱起她最喜欢的《唱支山歌给党听》，这是母亲在生命的最后时刻，表达她对党的无限深情。母亲的一生，经历了很多苦难，但她信仰坚定，始终走在传承烈士精神的路上，她不愧是党的好女儿。

（作者时欣生系宋绮云、徐林侠烈士的外孙，宋振平的儿子）

★ 先辈小传

宋振平（1929—2013），江苏邳县人。烈士宋绮云、徐林侠的女儿，"小萝卜头"宋振中的大姐，周恩来总理曾亲切地称她是"党和烈士的女儿"。1949年加入中国共产党，当年加入中国人民解放军。从1961年《红岩》一书问世开始，她继承先烈遗志，弘扬革命精神，全身心投入到革命传统教育之中。

★ 家风讲述人

时欣生（1949—），宋振平之子。1969年加入中国共产党，三级警监。曾任西安铁路公安处党委书记、西安铁路公安局警校校长。

第三辑

不忘初心

中国革命的胜利，从来不是依靠某个单独的个人，而是依靠千千万万人民的共同奋斗。"三大纪律，八项注意"将中国共产党与人民群众紧紧联系在一起，人民群众用小推车推出了革命的胜利，人民军队用血肉之躯守护了百姓安宁。如今，革命胜利了，他们依然不忘人民群众对党和军队的拥护与付出，他们牢记使命不忘初心，加倍回馈人民群众的恩情。

★家风箴言★

一颗花生两颗仁，红军百姓一家人。红军本是老百姓，百姓也就是红军。

——中央苏区童谣

军民团结如一人，试看天下谁能敌！

——毛泽东

淮海战役的胜利，是人民群众用小车推出来的。

——陈　毅

父亲回老家过年

裴静京

　　我的父亲裴周玉出生于 1912 年，他 13 岁加入儿童团，17 岁参加红军，经历过五次反"围剿"战斗，走过二万五千里长征，参加过抗日战争、解放战争。新中国成立后，他又入朝作战，1955 年被授予少将军衔。父亲戎马一生，战功卓著，获得了二级八一勋章、二级独立自由勋章、一级解放勋章、一级红星勋章，以及朝鲜人民政府颁发的二级自由独立勋章。

　　父亲自从 1930 年参加红军后，就再也没有回家乡过年。1985 年春节前夕，73 岁的父亲突然决定回家乡湖南过年。部队的领导和家人听说后，纷纷劝他，不让他回去。就连我叔叔也来信劝阻他，叔叔说："你最好不要过年时回来，你要想回来，可以四五月份回来，那时家里春暖花开，住着舒服。如果你非要回家过年，最好住在县城里县政府招待所。"

倒不是叔叔心狠，主要是因为父亲的老家裴家湾地处山区，医疗条件很不好，而且村里没有通电，平时村民用电全靠大队用发电机发电，而且每天只能供应三四个小时。加之天气寒冷，老家房子年久失修，根本无法抵御风寒。

但父亲不顾家人的劝阻，执意要回老家过年。他说："就算你们都不陪我回去，我一个人也要回老家过这个年！"我们一看劝不住，只好陪父亲回家过年。

那时交通不发达，我们一家腊月二十六从北京出发，到达裴家湾时已是腊月二十九的深夜。

第二天是大年三十，一大早父亲就把我们喊起来，带着我们去看望革命先烈的后代。

我们先去了东阳区苏维埃主席张勉之家，张主席于1929年被国民党杀害。我们又去了枫树湾村党支部书记裴福轩家，裴书记在1930年被还乡团杀害。接着，我们又去了革命烈士裴雷生家，他和我父亲同一天参加红军，第二次攻打长沙时牺牲……

父亲带着我们走街串巷，挨家挨户看望那些革命者后

代，直到下午三四点钟才返回家中。

当时家中没有电视，全家人只能围在火炉边烤火守岁。那天晚上父亲很开心，给我们讲起了他参加儿童团时的经历，他说龙门大革命时，他带着儿童团给红军站岗放哨，跟着红军打土豪、分田地……

父亲讲了很多很多，那是我第一次听父亲讲起他小时候的故事。后来，父亲又讲起了家乡过年时的风俗习惯，好多规矩我都是第一次听说。直到夜里11点多，大队停止供电，我们一家人才散去睡觉。

第二天，父亲又早早地把我们叫起来，带着我们从后门顺着田间小路往龙门镇上走去。我感到很困惑，为什么不走前门和大路，而要绕到后门走田间小道呢？

父亲解释说："我这一回来，十里八乡的亲戚、朋友一大早就要来拜年，还有大队的领导、镇上的领导也要来拜年，如果走前门、走大路，肯定脱不开身。"

我们沿着田间小路直奔两三公里外的龙门镇，到了镇上，父亲径直走进光荣院，我这才知道父亲是想到光荣院看望那些参加过革命的老红军、老战士。这些人中，年纪最大的已经80多岁，年纪小的也有60多岁，父亲给他们一一拜年，并送上他带来的北京特产。

　　我们在光荣院待了好久，直到 9 点多才从光荣院出来。回家的路上我忍不住问父亲："五十多年来，您第一次回家过春节，家里那么多亲戚、朋友，本地那么多领导干部等着给您拜年，您不接待他们，反倒从后门溜出来，给光荣院这些不太熟悉的叔叔、阿姨拜年，这是为什么啊？"

2005 年，裴周玉将军看望
平江镇荣军院的老红军女战士

　　我父亲听我说完，面色凝重地回答道："我们今天的幸福生活来之不易啊。就说咱们平江吧，二十多年的战争岁月里，平江牺牲了二十多万人，可他们中只有两万多人留下名字。你知道吗，咱们龙门镇当年和我一起参加红军的一共八十二个人，可到新中国成立时，只剩下我一个。1928 年跟着彭老总参加平江起义的有三千多人，但活着看到新中国成立的只有九人。那些住在光荣院的老人，有的是在长征出发前负伤的老红军，有的是小小年纪就跟随父母参加革命的红小鬼，还有一些是思想进步的新女性，他们因为各种各样的原因留下来，在家乡继续开展革命活动。但他们在家乡的日子并不好过，受的苦一点不比我们这些参加长征的同志少。我们这些人离开了家乡，当上了将军、领导，享受着好的待遇、好的医疗条件，可这些老同志呢？如果我把他们忘了，我能对得起那些和我一起参加红军，在战场上英勇牺牲的战友和同志吗？我这次坚持回老家过年，还带你们一起来光荣院给他们拜年，既是为了了却我多年的心愿，也是希望你们永远永远地记住：中国革命的胜利，是无数革命先烈和仁人志士用生命、用鲜血换来的。"

父亲的话深深打动了我。如今时间已过去近四十年，父亲离开我也近十年了，但这一次陪父亲回老家过年，看望革命先辈的后代，给老红军、老战士拜年的经历却永远刻在我的心中，我一定要讲好先辈的故事，让先辈的精神永远传下去。

（作者裴静京系裴周玉的儿子）

⭐ **先辈小传**

　　裴周玉（1912—2015），湖南平江人。1926年参加
革命，1930年参加中国工农红军，1932年加入中国共
产党。历经中央苏区五次反"围剿"战争、二万五千里
长征、抗日战争、解放战争和抗美援朝战争。1955年
被授予少将军衔。荣获二级八一勋章、二级独立自由勋
章、一级解放勋章和一级红星功勋荣誉章。

⭐ **家风讲述人**

　　裴静京（1953—），裴周玉之子。1968年入伍，
1971年加入中国共产党，1978年调入石家庄高级步兵
学校（现国防大学联合参谋学院），1986年转业到北
京市房管公司，2013年退休。

不忘老区鱼水情

高 源

情系沂蒙老区

故事还要从我们偶然发现的几封信说起……

2018 年 4 月，我的母亲永远离开了我们。在整理母亲的遗物时，我无意中发现了一个蓝色的文件袋，打开一看，里面装的竟然全是沂蒙老区给父亲的来信，寄信人中有临沂市委书记，有沂蒙老区的人民，还有山区的孩子。

我把这些信一一展开，竟然都是他们收到父亲的捐款后写来的感谢信，信中那一声声亲切的呼唤，一句句真挚滚烫的话语，无不诉说着乡亲们对父亲的深深眷恋与思念，看完这些信，我不禁潸然泪下。

我的父亲高克亭是陕西府谷人，他1929年加入中国共产党，后来长期在山西、河北等地从事革命工作。抗日战争全面爆发后，父亲被派往山东省委（后改为苏鲁豫皖边区省委）工作，在那里，他与沂蒙老区人民结下了深厚情谊。

淮海战役期间，父亲担任鲁中南地区党委书记兼鲁中南军区政委，因为鲁中南地区地域辽阔，又地处淮海战役的前线，支前工作相当繁重。父亲带领地区党委，将战区民兵、民工组织起来，形成了一支特殊的支前队伍。

他们迎着敌人的枪林弹雨，忍受着饥饿严寒，拖着极度疲惫的身体，挪动着布满血泡的脚板，推着上百斤重的小推车，组成了运送武器、弹药、粮食的血肉长城。他们跋山涉水紧跟着大部队前进，为我军打赢淮海战役提供了强有力的后勤保障。部队在前线打仗，老百姓就在后方连轴转地做军鞋、筹军粮，稍大一些的孩子们，则自发地为解放军站岗放哨、照顾伤员，当时真的是全民齐上战场，为这次战役做出了巨大的贡献。

新中国成立后，父亲一刻也没有忘记曾经与党和军队同甘共苦的沂蒙百姓，作为地方主官，父亲时刻记着沂蒙百姓的恩德，记着他们为新中国的成立付出的一切。

晚年时，父亲经常回到沂蒙山区看望当地百姓，当他看到老党员、老村干生活状况不好时，心里非常难受，于是，他决定用自己的力量帮助他们。

1996 年元旦，父亲对秘书说："春节快到了，沂蒙老区的老党员、老村干生活那么困难，从我工资里拿出些钱来资助他们过年吧。"

秘书说："去年您已经给希望工程捐了 2000 元，临沂发水灾也捐了 1000 元。"

父亲说："这些都是我一个老党员应该做的事。以后就这么办吧，只要我活着，每年春节就从我的工资里拿出 10000 元寄给老区，给还在农村工作的老党员、老村干分 8000 元，让他们买点油、面过个年。另外 2000 元捐给沂南二小的孩子们，让他们买些书本和学习用品。"此外，父亲再三嘱咐秘书，此事要严格保密，不声张、不宣传。

1996 年春节前夕，临沂市委领导来看望父亲，父亲把早已准备好的钱让市委书记带回去。临沂市委很重视这件事，专门开会拟定了 28 个帮扶对象。从那以后，父亲每年都会拿出 10000 元资助沂蒙山区的老党员、老村干，把党的温暖带给了老百姓，也加强了党与老百姓之间的情感联系。

深沉的父爱

父亲是一个非常自律的人。

1958 年，父亲调任青海工作，母亲也随父亲一同前往。虽然他们在同一栋办公楼里工作，但母亲从未搭乘过父亲的车，即使是在路上碰到，父亲也决不会让车停下来，带母亲一程。在青海生活的二十年间，无论刮风下雨，父亲和母亲一直都是各走各的。

1978 年，父亲调回山东工作，刚一到任，父亲就给母亲和秘书定下规矩：凡是市地县送来的礼品、土特产，无论东西多与少、贵与贱，一律不收。

有一次，父亲去烟台检查工作，临行时工作人员偷偷给父亲装了两盒海参和两盒海米。回到济南后，父亲看到这些东西，立刻把秘书叫来，批评道："说定了规矩就要执行，下去工作一律不许收礼，你怎么可以自作主张呢！"接着，父亲出钱给秘书买了火车票，让秘书连夜将这些东西送回了烟台。

父亲不仅严格要求自己，对我的要求也十分严格。我从黑龙江生产建设兵团回来后，被分配到济南铁路局工作。相熟的叔叔阿姨见职工宿舍条件简陋，于是想办法在省委宿舍给我解决了一套小房子。父亲调回山东后，听说了这

件事，立刻把我叫到书房里，开始了我们父女间第一次认真谈话。

父亲说："你不是省委的干部，不能住省委的宿舍，更何况现在省委本身干部住房就很紧张，新分来的干部都没有宿舍住，再说你是有单位的人，可以从你单位解决住房，给你一个月的时间，解决这个问题吧。"我知道父亲的决定无法改变，于是我向单位申请宿舍，但单位宿舍也很紧张，我只好搬回父母居住的小房子。

改革开放后，有些朋友从外面回来，邀请我和他们一起经商。我和父亲说了这件事，父亲摇摇头："你好好上班，哪儿也别去，你脑子简单，根本不是经商的料。你如果出了事情（被坑被骗或是违法乱纪），我救不了你。"他停顿了片刻，又说："如果你要真有什么事，我年纪大了，也会承受不起。"

那一刻我明白了父亲的想法。作为一个领导干部，他不会没原则地纵容我违法乱纪；另一方面，作为一个父亲，如果我真出了什么事，他又无法承受。我看着父亲担忧的眼神，坚定地说："爸，你放心吧，我哪儿也不去，以后也绝不做任何让你担心的事。"这件事已经过去了几十年，每每想起父亲的叮嘱，我都觉得心里暖暖的，他对我既严

格要求，又怀着无比深沉的爱。

我听从父亲的安排，继续留在铁路局工作，但住房问题一直没能解决。我就希望父母能帮帮我，把我调到机关工作，但父亲一直没有表态。

突然有一天，母亲跟我说："晚饭后，你爸要找你谈话。"

高源与父亲高克亭

我愣住了，心想，我也没犯错啊，父亲为什么要找我谈话呢？我怀着忐忑的心情走进父亲的书房。

一进门，父亲就与我聊起沂蒙老区，聊起他与那里的深厚情谊。很快，他就切入了这次谈话的正题，他说："沂蒙山是个好地方，战争年代我在那里工作了十二年，沂蒙山就是我的第二故乡。我现在回不去了，但你可以啊，你还年轻，可以为当地老百姓做好多事情，你若愿意去，我可以帮你联系。"

我明白了，父亲对我的事情并非充耳不闻，而是有他更深层的考虑，他是希望我能代替他，回到沂蒙山去，继续为沂蒙老区的人民服务，实现他未了的心愿。但这件事完全出乎我的意料，我需要考虑一下。后来，这件事因为种种原因未能成行，成了父亲和我一生的遗憾。

2018年，父亲已经离开我二十年了。当我从父母的遗物中看到沂蒙老区的来信时，我才真正理解了父亲。

多年来，他心中一直牵挂着沂蒙老区，牵挂着那里的人民，他希望我能回到沂蒙老区，接替他，继续为老区人民服务。可惜，我再也没有机会了。

父亲一生清廉，我们兄弟姐妹都知道他的脾气，所以从不敢违背他的意愿，但父亲的严格要求，带给我们的不是压力和束缚，而是前进的动力和勇气。

我们家虽然没有孩子经商，也没有孩子做官，但我们有国际仲裁员，有博士生导师，有高级工程师，所有人都靠着自己的勤奋和努力，在各自的岗位上默默工作，低调做人、干净做事。

（作者高源系高克亭的女儿）

　　高克亭（1911—1998），陕西府谷人。1929年加入中国共产党。1938年调入山东工作，历任鲁东南特委书记，中共滨海地委书记兼军分区政治委员，鲁中南区党委第一副书记兼军区副政治委员、书记兼军区政治委员等职。新中国成立后，历任中共山东省委委员、山东省副省长，青海省副省长、省委副书记、书记，山东省委书记、省政协主席。

⭐ **家风讲述人**

　　高源（1954—），高克亭之女。原中国房地产开发集团公司工作人员。

无情未必真豪杰

熊 蕾

我上小学时，父母就出国工作了，等他们回来时，我已长大离家，在这十余年时间里，我们几乎只能靠书信交流，所以我和父母的感情算不上浓烈，沟通交流也总是淡淡的，可就是这些淡淡的交流，对我产生了深远的影响。

一见钟情

我的父母很少在我面前讲述他们的过往，所以在很长一段时间里，我都不知道他们是做什么的，单纯地认为他们只是一对普通的革命夫妻。多年以后，当我真正了解他们的故事时，被他们的真情深深感动。

　　我的父亲熊向晖出生于1919年，他1936年考入清华大学，并在那里秘密加入了中国共产党。1937年，父亲遵照周恩来的指示，到胡宗南手下做秘密情报工作。很快，父亲就凭着他的学识和能力，成为胡宗南的亲信。

　　父亲年轻时长相英俊帅气，很多人给他介绍对象。可在父亲心里，一定要找一个志同道合且家庭情况单纯的姑娘做自己的终身伴侣。但父亲共产党员的身份不能示人，到哪里去找志同道合的伴侣呢？

　　这就不得不提我的姑姑了。姑姑在四川读书时，认识了我的母亲谌筱华。姑姑和母亲相识后，很快就成了无话

不谈的闺密。1944年，姑姑把母亲介绍给休假回家的父亲。

　　父亲和母亲第一次见面，就彼此心生好感，父亲送给母亲一张他拿着手枪的照片作为定情信物，此后这张照片一直被母亲珍藏在她随身携带的皮夹里。

1944年熊向晖送给
谌筱华的定情照

　　第二次见面时，父亲就向母亲袒露了心迹，母亲想也没想就答应了父亲。从此他们再也没有分开。

熊向晖与夫人谌筱华的合影

心系百姓

因为工作原因，我很少和父母一起出行。有一年，我到吉林出差，刚好赶上父母去那里旅游，我难得有机会陪他们去长白山天池游览。

据说长白山天池很神秘，登山的人鲜少能见到天池的真容，但我们上山的那天天气出奇地好，清澈湛蓝的天池一览无余。

游罢胜景，父亲见再往上百米处有个气象站，便信步走过去。气象站的同志很热情地把父亲迎进屋，和父亲攀谈起来。当时气象站的工作和生活条件很艰苦，屋内地面坑洼不平，雨水从屋角渗进来，地上一片泥泞。父亲见状，向年轻的气象工作者表达了自己的关怀和敬意。

不善言辞的站长感动地说："每天来天池参观的游客成千上万，但走到气象站看望我们的，您是第一人。"

不仅父亲对普通劳动者心怀敬意，母亲也是如此。

1998年，我和一些志愿者准备利用周末休息时间去内蒙古的科尔沁沙地植树。75岁的母亲听说后，坚决要求同行。可是母亲罹患风湿性心脏病几十年，不能从事任何重体力劳动和剧烈运动。别说种树，就是坐一夜火车抵达目的地，恐怕也难以完成。谁知母亲拧劲儿上来了，说："我就要去。你不带我去，我自己去。"

1998年，75岁的谌筱华在内蒙古科尔沁沙地植树

我问她为什么，她说："人应该赶着沙漠走，而不是被沙漠赶着走，去内蒙古种树，可以遏止沙漠的威胁，是好事，我必须要去。"

我说："我多种两棵树，替你种上，不就行了？你去那里，身体怎么吃得消？"

她说："我自己的身体我清楚。我现在还走得动，明年我可能就走不动了，再想去沙漠也去不成了。"她还说，她是"老妇聊发少年狂，争随女儿种树忙！"

我拗不过她，只好带她一同前往。母亲是此行中年纪最大的志愿者，同行者中有很多记者朋友，他们都想采访母亲。母亲提前跟我说好，她一律不接受采访，如果有人问她什么，她只笑笑不说话。果然，无论谁采访她，她都是笑而不答。

那次种树，从下车的地方到植树点，要走很远，母亲走走停停，歇了几次才到达。到达植树点后，她一口气种了三棵树，又和我一起替父亲也种了一棵。虽然过程很累，但是母亲特别高兴，而且十分自豪，她始终戴着志愿者的红帽子，直到我们返回家中。后来，母亲身体日渐衰弱，再也没能去沙漠植树。她很庆幸那次坚持跟我去了内蒙古，了却了一个心愿。

岁月流逝，如今父母早已离我远去，但是他们的感情、胆识、智慧和对社会的牵挂，润物细无声，影响了我的一生。

（作者熊蕾系熊向晖、谌筱华的女儿）

⭐ 先辈小传

熊向晖（1919—2005），山东掖县人。中国共产党情报工作"龙潭后三杰"之一，毛泽东称赞他"一个人能顶几个师"。他以超人的机智、果敢、坚忍，巧妙地把"闪击延安"等重要情报传递给党中央，为挫败国民党反共阴谋，巩固抗日民族统一战线，保卫延安、保卫党中央做出了贡献。

⭐ 先辈小传

谌筱华（1923—2001），江苏南京人。1944年参加革命，一直在我党的隐蔽战线上工作。1955年加入中国共产党。新中国成立后，长期从事外交工作。

⭐ 家风讲述人

熊蕾（1950—），熊向晖之女。曾任一机部农业机械研究所翻译、新华社对外部记者等职。现为中信改革发展研究院资深研究员，央视国际视频通讯有限公司英文改稿专家。

永远跟党走

张　兵

我的父亲张立志是沂蒙山人。他1938年参加抗日战争，1940年加入中国共产党，是成千上万名为了民族解放、人民幸福，将生死置之度外的八路军老战士中的一分子。

从沂蒙山走来的父亲一辈子未曾忘却沂蒙，为了让我们知道幸福生活来之不易，在我们懵懂的孩提时代，就以他自己的方式，将沂蒙精神潜移默化地传给我们。

艰苦朴素不忘本

1956年，父亲调到浙江省委工作，所以我们姐妹一出生，便生活在"天堂"杭州。

1962年9月1日，我上小学了。那一天，父亲推着自行车送我去学校，车后座上驮着一张写有我名字和家庭住址的大方凳；我背着书包，双手抱着一个小板凳，紧紧跟在他身后。

父亲带我来到了断桥小学。这所学校的模样至今我还记得：窄小破旧的校门口，插着一面少先队队旗。一进校门，是一条凹凸不平的烂泥路，泥路的尽头是两个大大的月亮门，月亮门后是一个大天井，一条小路从天井伸向后院，小路两边是不同格局的教室，又小又暗。上课用的书桌就是父亲自行车上的那张大方凳，椅子则是我怀里抱的小板凳；讲台上摆着一个摇摇晃晃的木架，架子上横着一张已经开裂的黑板，老师一写字木架就嘎吱嘎吱地响；厕所是南方农村那种前置竖板的……

我在断桥小学度过了小学的前两年，两年后的一天，父亲去外地出差了，他单位的一位叔叔一早来到我家，对我说："今天起你不要去断桥小学上学了，我送你去西湖小学。"

我跟着这个叔叔走进了西湖小学，一进校门，呈现在我眼前的是：宽敞的校园，高大的教学楼，明亮整洁的教室，木地板、铁桌椅、大黑板，文体设施一应俱全……

多年以后我才知道，断桥小学是旧庙附属房改建的普通小学，西湖小学则是以干部子女为主的子弟学校。所有父母都希望自己的孩子能上一所好学校，为什么我的父亲偏偏要为我选择一所平民学校呢？我曾问父亲，当年为什么让我上条件这么差的小学。他说："条件好坏跟学习没有直接关系，老百姓的孩子能上，你也能上。"他还说，他就是在艰苦的战争环境中坚持学习的，他希望我能多和老百姓的孩子在一起，不要有干部子弟的优越感。

小时候，我们姐妹除了雨鞋，穿的都是从山东老家寄来的手纳布底鞋。可是布底鞋不禁穿，没几天鞋底就磨坏了。于是，一到星期天，父亲就用自购的工具和自行车旧轮胎为我们钉鞋掌。

有一次，我跟父亲说："同学笑我的鞋'嘎土的'，还说：'你爸妈真小气，鞋都舍不得买。'"

父亲听后，放下手里的工具，说："他们不懂！这个鞋哪是能买得来的，爸爸当年打鬼子的时候没鞋穿，大娘大婶们没日没夜地给我们做鞋，正是穿了她们做的鞋，鬼子才抓不到我们。现在鬼子打跑了，老家大娘还给你们寄鞋穿，就是为了让你们穿着她们做的鞋，不忘本。"就这样，沂蒙山的布底鞋伴着我们一天天长大。

我们姐妹的衣服，不是带补丁，就是父母穿不了的旧衣服让外婆改了给我们穿。父亲还要求我们：吃饭时要把掉在桌上的饭粒捡起来吃掉；没有拧紧的水龙头要及时拧紧；离开房间时随手关灯。那时水电费公家出，但他总是嘱咐家里人不要浪费公家财产，就连我们丢在人行道上的糖纸果皮，他也要让我们捡起来，扔到垃圾箱去……

我们姐妹穿着褪色的、打着补丁的衣服走在美丽的西湖边，穿着钉着旧轮胎鞋掌的布底鞋进出湖边的别墅小楼，从不觉得丢人。父亲对我们艰苦朴素不忘本的教诲、诚实律己的品德教育如春风化雨,润物无声,让长在蜜罐中的"幼苗"不变质、不弯曲，茁壮成长。

艰苦朴素不忘本，是父亲给我上的第一课。

送我回沂蒙

我从小就渴望像父亲那样成为一名军人，可是 1970 年年底，军队内部招兵，父亲却没让我去，反倒在我高中毕业后，把我送回了山东老家。

离家的前夜，父亲交给我一张泛黄的老照片和三张北海币。照片是抗战时他和两位战友的合影，照完这张照片，那两位战友就牺牲了；北海币是我党在山东抗日根据地发行的主要货币，这三张北海币是父亲在异常艰苦的年代里，节衣缩食省下来的。他把这两件"宝物"交给即将踏上人生之路的女儿，是想让女儿沿着父辈的来时路，去追寻她自己的理想和信仰。

20世纪70年代的莒县，全城只有东西向的一条土路，就连县政府大院的办公室都是没有天花板的半茅屋。我插队的村子不通水电，猪圈即厕所，睡的是用高粱秸秆编的硌人的床，吃的是难以下咽、又硬又黑的地瓜煎饼。

我到村里时，洪水刚刚退去，整座村子泡在四处漫延的积水中。从杭州温暖舒适的别墅小楼到沂蒙山区陌生落后的穷乡僻壤，这个心理落差太大了！我哭着给父亲写信，父亲不得不专门请假来莒县看我。

父亲带着我走村串巷地熟悉环境，带我去看望抗战时的老党员、堡垒户。在崎岖不平的羊肠小道上，父亲如履平地，我却累得气喘吁吁；坐在脏兮兮、黑乎乎的老乡家里，父亲就像见了亲人似的，有说不完的话，我却浑身不自在。父亲看出我的不适，便耐心地跟我讲他当年参加抗战的经历。他说，正是这些满脸皱纹、抽着旱烟的乡亲们拼死保护，他才免遭汉奸的盯梢、土匪的暗杀、鬼子的抓捕。他负伤时，

是民兵和乡亲们轮流抬着他，连跑带走三个多小时，把他送到军区医院。如果没有老百姓的掩护和支持，就不会有他的今天。

父亲和乡亲们的鱼水之情触动了我，我努力亲近这些亲切喊我"闺女"的大爷大娘，跟着男劳力一起抗旱、抢收。不会挑水，我就咬紧牙关苦练，即使扁担磨破了肩膀，也不退却；割麦子割破了手，我用手绢包一下继续干。婶子大娘们心疼我，纷纷劝我说："那是爷们干的活儿，别撑了。"但我依然坚持。

农闲休息时，我从老党员们那儿了解了这块红色土地上的抗战历史和可歌可泣的动人故事……当我看着那些兜里揣着一把军功章的回乡老战士，依然默默无闻地在田间地头劳作时，我深深地感受到了"沂蒙精神"的真谛。那一刻，我理解了父亲的良苦用心。

我在沂蒙山区生活了两年多，在这片父亲曾经战斗过的地方，我不仅光荣地加入了中国共产党，两次出席全省积极分子代表大会，还实现了我的军旅梦。之后我又考上了大学，实现了父亲的梦想，成为家族里第一个大学生。

最后的遗愿

2021 年 7 月 1 日，正值建党 100 周年，102 岁的父亲穿着他那件打着补丁的衬衣，用他颤抖的手写下绝笔——"永远跟党走"。

张立志临终前写下的绝笔

这五个字是父亲一辈子的心声，也是父亲给我们上的最后一课，更是一位有着八十余年党龄的老党员留给后代的精神遗产！

（作者张兵系张立志的女儿）

⭐ 先辈小传

张立志（1919—2021），山东莒县人。1938年夏
参加抗战，1940年加入中国共产党。抗战时期和解放
战争时期，曾在山东滨海区的各级政府及华东军区警备
三旅任职。1950年调任华东军政委员会土改委，后在
中共华东局纪律检查委员会、中央监察委员会、中共浙
江省委监察委员会工作。

⭐ 家风讲述人

张兵（1956—），张立志之女。1975年加入中国
共产党，1976年入伍，大校军衔，退休前为原总参谋
部（现中央军委联合参谋部）某部政治部师职干部。

"希望将军"谱写"希望"之歌

陈　辉

希望工程的义务兵

赵渭忠 1932 年出生于浙江省东阳县，他从小失去双亲，孤苦无依。1951 年，抗美援朝战争爆发后，刚刚入伍的他随军进入朝鲜战场。抗美援朝胜利后，他调入中国人民解放军总政治部工作。1990 年，他改任河北省军区副政委。

任职期间，赵将军曾深入河北省 173 个市县视察工作，其中很多市县都是革命老区。在这些地方，赵将军见到了很多令人心酸的景象。

一次，他到抗日英雄王二小的家乡涞源县视察工作，当他走进赵家井小学时，被眼前的一幕惊呆了，这所破旧小学仅有的四间校舍中，两间倒塌，两间危房，为了保护学生的安全，学校只好让学生夏天露天读书，冬天在羊圈上课。

看着当年小英雄王二小为抗战献身的地方，如今孩子们却没有地方上学，赵将军看在眼里，疼在心里，他暗暗发誓："我就是喝半年稀粥，也要为孩子们盖几间像样的教室！"

赵渭忠在革命老区小学走访调研

其实在革命老区，像赵家井小学这样的学校还有很多很多，除了破败的校舍，赵将军还见到了大量失学儿童，因为没有读完初中，达不到征兵要求，这些孩子连当兵的资格都没有。

赵将军为此十分心痛。他想，我们这一代人拼死奋斗，不就是为了让下一代人能过上幸福的生活，能在明亮的学堂中读书吗？虽然现在国家还不富裕，还不能完全消灭贫困，但我作为一名共产党员，为什么不能为国家分忧，为孩子们尽力呢？

1994 年 2 月 4 日下午，正式办理完退休手续的赵将军，带着 3000 元现金走进了河北省青少年发展基金会。

他对基金会的同志说："我是主动来参加希望工程的，一不占你们的编制；二不占你们的位子；三不坐你们的车子；四不住你们的房子；五不领你们的票子。我只为救助那些因贫困而失学的孩子，这 3000 元就是我的报名费。"

面对这位怀着赤诚之心的老党员，面对这笔高额捐款（当时河北省个人捐款最高纪录），基金会的同志们感动了，

在公益文明进社区活动中，赵渭忠与孩子们在一起

他们破格接纳了这位将军身份的"希望工程义务兵"。

为了便于开展工作，赵将军把家从北京搬到了石家庄。从此，这位老共产党员把自己的心与失学儿童的心紧紧连在了一起，把自己的命运与希望工程紧紧地连在了一起。

在退休后的九年里，赵将军个人出资加上四处募捐，一共盖起了 11 所希望小学，救助了河北省 9 个市 18 个县区 300 多名失学儿童。

后来，赵将军又设立了"希望将军助学金"，率先把希望工程引进了大学校园，他首批拿出 6000 元，资助了河北师范大学的 12 名贫困生。

他说："师范大学的学生毕业后是要当老师的，我今天把希望的爱心献给他们，将来他们就会把爱心献给千百万名儿童，我们国家的希望事业就能后继有人。"

希望的传递

赵将军是共和国最穷的将军之一。在赵将军家的客厅中，至今仍摆放着 70 年代的沙发，沙发扶手上的木漆都已剥落。卧室中，部队配发的木床和桌子仍在使用，老战友送来的国产彩色电视机还在坚持工作。

还有一辆破旧的自行车，赵将军骑着这辆自行车，为

"希望工程"奔波了八年多，后来他的部下担心他的安全，给他换了一辆新的。

其实，赵将军退休时工资就已达到 2668 元，这在当时是不低的退休金，可多年来赵将军没有攒下一分存款，他的钱都到哪里去了呢？

原来，赵将军把他所有的钱都捐给了贫困学生和贫困家庭。有一年，赵将军接到了一封特殊的求助信。写信的是滦平县北白旗村的小学生张丽娜，她的父亲患有精神疾病，母亲也身患重病，无法工作。实在交不上学费的小丽娜，听说了赵将军的事迹，便鼓起勇气给赵将军寄出了求助信。

赵将军收到信后，立刻赶往小丽娜家，当他看到小丽娜家中简陋的陈设、满墙的奖状时，当即表示要全力资助小丽娜上学。五年时间过去了，在赵将军不间断的资助下，小丽娜成功考上了当地重点中学。

像小丽娜这样的故事还有很多很多，赵将军从退休的当月起，除了留下每个月的党费，把全部退休金都捐给了希望工程。而他家里的重担全部压在老伴步文京身上，步阿姨每个月的退休金仅有 902 元，这笔钱不仅要安排一家人的生活，还要额外承担一个外孙女和一个老战友女儿的生活费。

赵将军不仅自己和老伴为希望工程出资出力，还带动家人和亲戚一起参与其中。

赵渭忠将军呼吁大家
为希望工程捐款

他在家里成立了"希望爱心社"，鼓励家人出资帮扶失学儿童。赵将军的女儿身患尿毒症多年，一年的医药费就得十几万元，即使这样，赵将军为"希望工程"的捐款也一直没有间断。

在赵将军的感召下，抚养他成人的老姐姐，一个普通的农民，在临终前把一生省吃俭用积攒下来的7400元钱，全部交给赵渭忠，让他拿去资助那些贫困孩子上学。

看着一封封孩子们的来信，听着一声声"希望爷爷""希望奶奶"的呼唤，赵将军笑称："我是天下最富有的将军，我和老伴的两颗心连着318个孩子的心，我们两张笑脸对着318张笑脸，这难道不是人生的最大幸福吗?!"

除此之外，为了动员全社会的力量都加入希望工程，赵将军走到哪里，就把希望工程宣传到哪里。

希望的朋友

在赵将军的口袋里，有一沓特殊的名片，上面没有官职、军衔，只有一行小字：希望工程志愿者赵渭忠。在名片背面，是赵将军亲笔写下的四句话：

讲希望工程的故事，交希望工程的朋友，干希望工程的实事，做希望工程的文章。

这四句话打动了每一个收到名片的人，让更多人知道了希望工程。广播里、火车上、饭桌上、会议上、聊天中，赵将军利用一切手段，抓住一切时机，宣传希望工程，广交"希望朋友"。

赵渭忠荣获中国青少年发展
基金会希望工程特殊贡献奖

在赵将军的感召下，越来越多人加入到捐资助学的行动中，赵将军的"希望朋友"，从当初的100多人，发展到上万人，遍布国内的20多个省市自治区，以及美国、加拿大、英国、菲律宾等国，捐款额高达200多万元，资助的失学儿童人数也从1995年的230名，增加到后来的1800余名，人们亲切地称他为"希望将军"。

2024年4月22日，"希望将军"赵渭忠在解放军总医院病逝。他留下遗嘱，要将骨灰撒在他一直从事"希望工程"的太行山山麓。

2024年5月18日，人们遵照赵将军的遗愿，将他埋在了太行山区赞皇县白鹿村的"希望将军"树下。

"希望将军"走了，但他用一生的善举为我们树立了一座乐于助人、捐资助学的丰碑，他的事迹将永远留在人们心中。

（作者陈辉系新华社高级记者）

★ 先辈小传

赵渭忠（1932—2024），浙江东阳人。自幼失去双亲。1951年入伍，同年参加抗美援朝战争，1953年加入中国共产党。1990年任河北省军区副政委。1994年退休，后一直义务从事"希望工程"工作，获第一、二届全国道德模范提名，河北省十大道德模范。

★ 家风讲述人

陈辉（1954— ），北京人。1969年参军。曾任新华社解放军分社驻北京军区支社社长，高级记者，大校军衔，获新华社"十佳记者"称号。新闻及文学作品先后获得"五个一工程"奖、第一届中国人民解放军新闻奖一等奖、伊拉克战争报道奖、国家抗震救灾报道奖等50余个奖项，新闻作品曾收入中小学语文课本。

子弟兵的母亲

李耿成　　李秀玲

　　我的奶奶戎冠秀是享誉全国的"子弟兵的母亲"，她出身贫苦，家里经常吃了上顿没下顿。不得已，奶奶只好带着我爸爸到地主家做工，奶奶当用人，父亲当羊倌，可即使这样，家里也常常揭不开锅。

　　1937 年，七七事变爆发，地主收回了租给我家的土地和房子，这让我家本就穷困潦倒的生活更加艰难了。就在这时，八路军来到我们村。

　　在中国共产党的领导下，奶奶不仅入了党，还担任了妇救会主任。她按照党的政策，勇敢地带领穷苦百姓与地主做斗争，救护负伤的八路军战士，为八路军做军装军鞋……奶奶和村里人日子越过越好，在苦水里泡大的奶奶，始终无法忘记共产党的恩情。

抗日战争时期，戎冠秀自发照顾八路军伤员

奶奶的拥军爱国情

1960年10月，奶奶要跟随慰问团去福建慰问解放军战士了，她欢喜得睡不着觉，临行前，吃的、用的，奶奶全不带，只带了针线包和碎布头。

到福建这一天，人民军队夹道欢迎奶奶这位"子弟兵的母亲"，鞭炮噼噼啪啪地响出几里地，战士们一直往前挤，嘴里喊着："我们要看看戎妈妈！"听到这亲热又急切的喊声，奶奶满脸都是笑意，她把花束高高举起，向战士们挥手致意。

第二天，慰问团带着剧团给战士们演出去了，奶奶一个人走出住处，腿脚利落地走进营房，她看着整洁的营房、干

净的生活用品，心里别提多欢喜了。这时她看到了床下放着的脏衣服，便走到床边，把脏衣服、脏袜子拿出来，仔细地洗净、晾干，然后又拿出随身携带的针线包、碎布头，将破损、开线的衣袜小心地缝补好。

晚饭后，她把衣服和袜子送回营房，战士们一窝蜂地围上来，又惊喜又感动，纷纷说："哎呀呀，戎妈妈，您都这么大岁数了，还给我们洗臭袜子和脏衣服，这怎么能行呢！我们……我们该怎么感谢您老人家？！"

"谢甚哩？"奶奶看着这些身强力壮的年轻战士，亲昵地说，"孩子们，我一点儿事情都没有，闲得心慌手痒，给你们洗洗缝缝，还不应该呀？！你们是老八路的接班人，跟戎妈妈可不该外道啊！"

在福建，奶奶不论走到哪里，都要到营房转转，她想看看战士们穿得暖不暖，吃得好不好。有时她还要去医院转转，看看战士们的医疗条件怎么样。

一一看过了，奶奶感慨地说："都好，一切都好！解放军可比八路军的生活好多了！"

奶奶随着慰问团把福建的部队都转了一遍，分别时，奶奶动情地嘱咐说："共产党、毛主席领导咱八路军和全国人民流血牺牲，打下了人民江山不容易，你们可要好好听共产党和毛主席的话，守住咱人民的江山啊！"

奶奶爱国拥军的思想，深深地影响了我们一家人。从奶奶的弟弟，到我们孙辈，每一代都有人参军。现在第五代已经渐渐长大，他们从小阅读红色故事，学习革命精神，相信他们长大后，一定可以像奶奶一样，热爱我们的祖国，为祖国和人民做好事、做实事。

身教重于言传

无论在战争年代还是和平时期，奶奶始终想着为党、为国家、为人民群众做更多的事。

1948年，家里分到了五间破瓦房和一个杂草丛生的大院子。虽然看起来破旧，但总算有了自己的家。经过家人不断修整，小院很快就修葺一新，奶奶还在院子里种上了各种蔬菜、水果，一到夏天，满院子瓜果飘香。

没过几年，村里小学准备扩建，为了让更多的孩子能读书识字，奶奶当即决定，把小院捐给村里当新校舍。家里人都支持奶奶的决定，一家人分别搬进两处条件较差的房子里，奶奶也搬到了两间很小的平房里。

有一年夏天，奶奶背着粪筐走到黄澄澄的麦糠堆前，

这边抓一把看看，那边抓一把瞧瞧。细心的她发现每一把里面都有几个鼓崩崩的麦粒，她心想：这不是把劳动果实白白糟蹋掉，把到嘴的馍馍给丢了吗？于是，第二天一大早，奶奶不去拾粪了，而是拿着簸箕往麦场走去。

奶奶在麦场从早上簸到中午，从中午又簸到太阳下山，整整簸了一天。晚上回家时她眉毛、牙齿都变成了土黄色，腰也累得直不起来了，可是奶奶心里很高兴，因为她从那一大堆麦糠里，足足簸出来三十多斤麦子。

奶奶八十多岁时，依然到生产队里参加劳作。夏天，地里热得像蒸笼一般，奶奶腿浮肿得蹲不下去，她就在膝盖上绑两块硬邦邦的旧鞋底子，跪在地里除草，让人看了很心疼！

周围人都劝她别干了，她摇摇头说："我是个共产党员，只要气儿不断，就要干，不为共产主义奋斗，那还叫共产党员？"

1987年冬天，奶奶真的干不动了。奶奶生了重病，在公社医院看了几次都不见好。家人劝她去石家庄住院治疗，奶奶坚决不肯，她觉得自己岁数大了，没必要浪费国家的钱。

上级部门知道后，马上带着救护车来到我们村，准备接奶奶住院。可无论谁给奶奶做工作，奶奶总是那句话："我都是快入土的人了，不能给国家添麻烦！"后来，奶奶因病重昏迷不醒，我们才趁机将她送到石家庄的医院，可是奶奶最终还是离开了我们。

爱国拥军、公正廉洁、勤俭节约、艰苦朴素、一心为公为民，是奶奶一生永恒的信仰。奶奶用她的一生告诉我们：一个人的能力和水平，与学历高低没有关系，主要取决于他的思维方式、革命立场和工作方法，最重要的是他的革命信仰。只要人人都不忘初心，坚守革命信仰，人民的红色江山，定能千秋万代永不变色！

（作者李耿成和李秀玲系戎冠秀的孙子和孙女）

★ 先辈小传

戎冠秀（1896—1989），河北平山人。1938年加入中国共产党。早年投身抗日救亡运动，积极为八路军筹集粮草，组织妇救会、识字班，宣传抗日，带头送子上前线，积极支前，照顾伤员，为抗日战争的胜利做出了贡献。1944年被授予"子弟兵的母亲"光荣称号。2009年被评为"100位为新中国成立作出突出贡献的英雄模范人物"。

★ 家风讲述人

李耿成（1951—），戎冠秀孙子。原中央警卫局战士，工人日报社党办主任、纪委书记。

李秀玲（1953—），戎冠秀孙女。原总参谋部（现中央军委联合参谋部）作战部工作人员。

第四辑
严慈相济

"我也有心，我也有肝，我也有感情！"《亮剑》中李云龙的肺腑之言道出了无数革命者的心声。他们为了新中国的建立舍小家、为国家，当和平到来，他们回归家庭，把真挚深沉的爱化作以身作则的行动，循循善诱，引领子女走上革命道路，将红色家风一代代传承下去！

★ 家风箴言 ★

青年是革命的柱石。青年是革命果实的保卫者，是使历史加速向更美好的世界前进的力量。

——宋庆龄

青年永远是革命的，革命永远是青年的。

——闻一多

凡事都要脚踏实地去作（做），不驰于空想，不骛于虚声，而惟以求真的态度作（做）踏实的工（功）夫。以此态度求学，则真理可明；以此态度作（做）事，则功业可就。

——李大钊

细节决定成败

刘　建

全心全意为人民服务

　　我的妈妈朱敏是朱德唯一的女儿。1926 年她出生在莫斯科，直到 1940 年，她才在延安第一次见到了自己的父亲。

　　1941 年 2 月，妈妈被送到苏联莫斯科伊万诺沃第一国际儿童院学习。同年 6 月，她和其他二十几个来自世界各国的孩子到白俄罗斯疗养，谁曾想，她们刚刚到达的第二天，苏德战争爆发，德国闪击了白俄罗斯，15 岁的妈妈被抓住，并被关到了德国的集中营。

　　妈妈在集中营里服苦役，从此落下终生病痛。后来妈妈抓住机会，逃出了集中营，化名赤英，辗转多地，终于回到了莫斯科，并在1949年，进入莫斯科国立列宁师范学院（现莫斯科国立师范大学）学习。

1953年，妈妈学成回国，被分配到北京师范大学俄语系任教。这一次，27岁的她终于与67岁的爷爷团聚了。

1953年，我出生了。妈妈休完产假，返回学校上课，没想到爷爷竟然让她和爸爸从家里搬出去，搬到北师大集体宿舍居住。妈妈搬家时，爷爷说："我们来帮你们照顾孩子，你们现在正是好好为党工作的时候，不能因为娃娃影响了工作。"除此之外，爷爷还给妈妈定下"硬规定"：只能周日回家看孩子，理由是：不能培养特殊化的思想，要把更多的时间和精力用于教学。多年后妈妈才真正理解了爷爷的良苦用心，她感慨道："我深爱爹爹，因为他是亲人；我抱怨爹爹，因为他是伟人。"

爷爷想通过抚养教育孙辈来弥补对女儿的亏欠，更主要的是爷爷做事情有一个基本前提：全心全意服务于本职工作。他这样要求自己，也这样要求家人。

细节决定成败

我和大弟弟刘康自小由爷爷奶奶抚养长大。你们一定

很奇怪，朱德明明是我的姥爷，为什么我称呼他"爷爷"呢？

其实在我很小的时候，曾有人问过这个问题，记得当时爷爷大手一挥，说："我可不是'老（姥）爷'，地主老财才叫'老爷'，还是叫我爷爷好。"从此我们称呼朱德为"爷爷"。

弟弟上小学三年级时，有一次数学考试考了 59 分，回到家后，他不以为意地说："只差一分就及格了。"没想到奶奶严厉地批评了他，爷爷也严肃地说："如果从小做事情不认真，长大后也做不好事情，那就是一个废人。"

爷爷做事情认真的态度给我留下了深刻的印象。记得上小学时，语文课本里有一首毛主席的诗词《西江月·井冈山》，当老师讲到"黄洋界上炮声隆，报道敌军宵遁"时，有同学问老师："红军当时很困难，枪都不多，炮从何处来呢？"

爷爷知道这件事情后，就利用周末休息时间把老师和同学请到家中，跟大家一起解读毛主席诗词。爷爷告诉大家，当时他率领的南昌起义余部遭到了军阀许克祥的进攻，通过巧妙利用"敌进我退、敌驻我扰、敌疲我打、敌退我追"的游击战术，起义部队打垮了许克祥的部队，缴获了大量的武器装备，其中就有几门迫击炮，井冈山上的炮就是这么来的。

1970 年，我参军到了部队，每次休假回家，爷爷都要利用休息或吃饭时间向我询问部队情况，譬如"战士们每月伙食费多少钱？""主副食是什么？""每星期吃几次粗粮、几次细粮？""连队养多少头猪？""每周能不能吃上一顿猪肉？""杀猪后，猪的下水战士们能不能吃到？""部队训练什么内容？""搞不搞拉练？""拉练是走路还是坐车？"……

这些问题我都能够对答如流，但是像"全连一共有多少个农村兵、多少个城市兵？""上过学的有多少，没上过学的有多少？"这些问题我就回答不上来了。

爷爷教育我说："上过学的和没上过学的士兵想法是不一样的，作为部队干部，不了解战士的思想，遇到问题怎么能做好解释和说服工作呢？"从此爷爷要求我一定要善于了解战士们的想法。

我想，身为三军总司令的爷爷之所以能想得这么细、问得这么细，跟其参加革命斗争的经历息息相关。用现在的话讲，爷爷深谙"细节决定成败"。

我当时所在部队的师长姓吴，是红四方面军跟随爷爷长征的"红小鬼"，对爷爷有很深厚的感情。他考虑到爷爷已经80多岁了，就经常找一些理由让我多休几次探亲假，有时间回家陪陪爷爷。

有一次，吴师长对我说，部队里缺体育器材，外面很难买到，问我能不能回家走走爷爷的"后门"。

爷爷了解情况后，马上表示支持，并请有关部门协调了单双杠等体育器材。为了感谢爷爷，吴师长让我带两瓶老陈醋、一瓶竹叶青、一瓶汾酒回家，送给爷爷。

结果我一进屋就挨了爷爷的批评："你不该收礼！你要遵守纪律，你现在感觉没什么，将来别人再给你别的东西、给你钱呢？你就抵御不了了！"

爷爷让奶奶按市价把醋钱和酒钱交给我，并嘱咐我回部队后一定要开发票寄给他，我只好如实照办。

爷爷一生身居高位，他始终践行坚持党的领导、贯彻执行党指挥枪的原则。我们要以老一辈革命家和革命先辈为榜样，不忘初心、牢记使命，把红色基因传承好，把党的优良传统发扬好，世世代代传承下去。

（作者刘建系朱德的外孙）

⭐ 先辈小传

朱德（1886—1976），四川仪陇人，马克思主义者，中国无产阶级革命家、政治家、军事家，中国共产党、中华人民共和国的主要领导人之一，中国人民解放军的主要缔造者之一，中华人民共和国开国元勋，以毛泽东同志为核心的中国共产党第一代中央领导集体的重要成员。

⭐ 家风讲述人

刘建（1953—），朱德外孙。1969年入伍，1973年加入中国共产党，少将军衔，第十二届全国政协委员。曾任原总参谋部（现中央军委联合参谋部）作战部参谋、解放军陆军防化学院副院长、解放军装备指挥技术学院（现解放军战略支援部队航天工程大学）副院长等职。现任中国延安精神研究会副会长。

不成文的家训

赵珈珈

我的父亲赵尔陆是一位老红军、老党员，他跟着朱德上了井冈山，跟着毛主席到了延安，又跟着聂荣臻开辟了晋察冀抗日根据地，新中国成立后，他又参与主持了"两弹一星"研制工作，现在回望他的一生，真的非常了不起。

可在我小时候，每当长辈们和我说起这些事，我总在心里暗暗嘲笑他们，笑他们把这些陈年旧事说了一遍又一遍。如今自己到了古稀之年，才切身体会到，那些久远的、散落在记忆边缘的陈年旧事，常常会像旧底片显影一样，在脑海中变得清晰起来。而在这些记忆碎片中，父母对我们的言传身教，最为明亮和温暖。

凑起来的晴朗家庭

四野入关后，父亲奉命从华北军区调任四野，来到了长江边的军事重镇武汉，出任中南军区第二参谋长。大军南下后，几位在东北战场上威名远播的四野首长，有的去疗伤养病，有的被军委调去组建新的军种或新的部门，武汉这个指挥中枢里，一度只剩下父亲和任副政委兼政治部主任的谭政伯伯。繁重的工作使父亲和谭伯伯忙得几乎喘不过气来，渐渐地，父亲的眼角开始爬上皱纹，头发也渐渐稀疏。

而我就是这个时候来到这个家的。我和哥哥赵万金并不是父母的亲生儿女，母亲1935年参加革命后，一直在艰苦的抗日一线工作，长期极端艰苦的工作环境，磨炼了她的革命意志，却损伤了她的身体，让母亲失去了生育能力。

革命胜利后，父母分别从两家亲戚那里将我和哥哥接来，过继到名下。此后，又有几家亲戚把未成年子女送到父母家寄养，一时间，我们家成了一个热闹的大家庭。当时组织上安排了一位日本护士为母亲治疗，她羡慕地对母亲说："您的家庭是一个晴朗的家庭！"

这种热闹，在父母调回北京工作后达到了高峰。现在屈指算来，由我父母供养读书直到参加工作的孩子，前后加起

来竟有七八个之多，父亲工作忙，哪里操得了这么一大家子的心哟！他对妈妈说："这个家，你是正家长，我是副的。"

从那时起，母亲除了工作，几乎全部时间和精力都投入到我们这些孩子身上，无论是大家在一起的热闹日子，还是哥哥姐姐们陆续走上工作岗位、独立生活后，我的家始终是晴朗的，而我家的正、副家长，对身边所有孩子都视如己出，把世界上父母能给予子女的爱都给了我们。

每每回想起童年生活，我似乎仍能感受到一种特别的爱在血管里奔流。"家"这个字在我心里成了凝聚温暖和安全、凝聚爱和力量的符号。

不成文的家训

"你们不是我们的私有财产！""到今天为止，我的任务完成了，今后的路你们自己走。分配是组织的事，我不能干涉，我不能让别人戳着你们和我的脊梁骨，骂共产党人以权谋私！"这两句话父母常常挂在嘴边，每当我们兄弟姐妹中有人走上工作岗位，父亲就要重复这两句话，听得我们耳朵都起了茧子。

我们兄弟姐妹分散在全国各地，奋斗在组织分配给我

们的工作岗位上，父母的这两句话我们一直记在心里，就连父亲去世的时候，也有孩子因路途遥远没能赶回北京，与父亲做最后的告别，从而留下了终生的遗憾。

父母的话影响了我们一生，我们这些在他们身边长大的孩子，虽然都很平凡，但是父亲说的"不能让别人戳着你们和我的脊梁骨，骂共产党人以权谋私"这条底线，我们都守住了。

永远的"萝卜情结"

兄弟姐妹中，我年龄最小。一岁左右时，我生了一场大病，差点儿夭折。当我奇迹般痊愈后，医生嘱咐父母说，除了注意营养外，最重要的是不能让我生气。为了让我平安长大，父母从此对我就有了小小的偏心，甚至有点儿溺爱。

20世纪60年代初，粮食和副食供应极度困难，尤其到了冬季，食物单调得可怕，我家曾经连续两个月吃酱油烩白萝卜，我实在吃烦啦。一天中午，我看见饭桌上又是这个菜，就嚷道："人家不爱吃白萝卜嘛，干吗老吃这个呀，不能换点儿别的吃吗？"说完，我把筷子随手扔在饭桌上，摆出一副绝食的架势。

这时，一向脾气温和的父亲把手里的筷子重重地拍在桌子上，横眉立目地怒吼道："这个不好吃？你到乡下去看一看，我们吃的这个，已经相当于人家农民的年夜饭了，你还嫌不好！你是少先队员，不知道咱们国家现在困难吗？你这么怕吃苦，将来非当叛徒不可！"

"叛徒"这个词太重了，我一时间接受不了，那顿饭三口人吃得不欢而散。从那以后，我就有了一个"萝卜情结"。直到今天，无论何时何地，只要一看见白萝卜，我脑海里就会立刻浮现出父亲对我大发雷霆的那一幕，他的话会清晰地回荡在我的耳边，我就会下意识地多吃几口萝卜，仿佛天上的父亲正在注视着我，我要努力地向他证明，我决不做叛徒。

如今，父亲已经离开我们五十多年了，每当想起他如山的父爱，他的良苦用心，他对我的深深期许，我不敢不努力。只要活着，我就要提升自己，争取让自己变得更好一些，对社会更有用一些。

我爱我的父母，他们无私地爱我，养育我长大。他们的爱和言传身教是治愈我一生的"灵丹妙药"，也是我取之不尽、用之不竭的精神财富。

（作者赵珈珈系赵尔陆的女儿）

★ 先辈小传

　　赵尔陆（1905—1967），山西崞县（今原平市）人。1927年参加南昌起义并加入中国共产党，参加了历次革命战争。新中国成立后，历任第二机械工业部部长、航空工业委员会副主任、第一机械工业部部长等职。1955年被授予上将军衔。荣获一级八一勋章、一级独立自由勋章和一级解放勋章。

★ 家风讲述人

　　赵珈珈（1953—），赵尔陆上将之女。曾任《中国新闻出版报》记者。

人生的第一任老师

欧阳海燕

俗话说，父母是人生的第一任老师。我的父亲欧阳毅是我儿时最崇敬、最爱戴的人，他慈祥的面容、矫健的身影、关怀的话语无不给我留下深刻印象。他的言谈举止、情操风范深深扎根于我幼小的心灵，影响了我的一生……

身体是革命的本钱

1943 年，我在延安出生。由于天生身体弱，父亲经常带我散步，一边散步，还一边给我讲浅显的人生道理。

那时候，父亲经常对我说："我从小爱读书，四五岁就

和上私塾的小叔一道念书，认了不少字，能背《三字经》《百家姓》《千字文》等，深得你祖父宠爱，夸我是欧阳家的'小秀才'。"听了父亲的讲述，我非常佩服他，决心向他学习，也做欧阳家的"小秀才"。

1947年欧阳毅和欧阳海燕在
晋绥公安总局驻地（李家湾）合影

可是到了上学年龄，我的身体依然很弱，几乎每个月都要生一两次病，有一次我连续两个月没有生病，邻居笑称是个奇迹。因为身体太弱，医生不建议我上学，于是我按父亲的教导，在家自学。直到1952年冬天，我做了扁桃体切除手术后，身体情况才稍有好转。

1953年春天，我顺利考上新北京十一小学的三年级。父亲笑着说："我初小毕业时，由老师领着，到离麻田一百多里外的郴州考高小，因考得好，高跳一级半，你现在高跳了二级半，不错嘛，不过你一定要注意学习方法，方法对了，才能学得好……"

我的学习成绩很好，几乎所有课程都能拿到 4 分或 5 分，唯独体育课成绩不佳，这也导致我失去了期末评奖评优的资格，我感到很难过。

父亲见我闷闷不乐，便问我发生了什么事，当他得知我只是因为没机会评奖而难过时，父亲宽慰我说："别难过，你只是缺乏锻炼，我来教你锻炼身体的方法。你只要坚持锻炼，相信体育成绩很快就会提高的。"

父亲先教我踢毽子，又教我跳绳，别看那时他已经 45 岁，可他身手矫健，做起动作轻松自如。在父亲的悉心指导下，我渐渐掌握了技巧，学会了踢毽子和跳绳。

后来，父亲又教我打 24 式简化太极拳，教拳的间隙，他对我说："要不是我从小爱锻炼，练就一副好身体，长征时怎么能爬上雪山、走过草地呢？所以你记住：身体是革命的本钱啊！"

听了父亲的话，我决心好好锻炼身体，每当我想歇口气时，耳边就会响起父亲的教导："身体是革命的本钱啊！"然后我就会重新满怀斗志，干劲十足。

经过一学期的勤学苦练，我终于如愿以偿地拿到了奖状。父亲说："很好！你进步了！不过，不能满足！学习要好上加好，切忌死记硬背，要讲究方法，灵活掌握知识。你要做到德智体全面发展……"

于是我一边加强锻炼，一边努力改进学习方法，学习成绩和身体素质都得到了很大提升。父亲关于"身体是革命的本钱"的教导，让我受益匪浅。

让体内慢慢生长出抵抗力

我一出生，母亲就把我交给父亲的马夫照管，马夫工作忙，经常把我独自关在屋里，这让我从小性格就有些畏缩、胆怯。

六年级时，我当选了大队委，这本来是一件喜事，我却为此着急上火。周末回家，父亲见我愁容满面，忙询问发生了什么事，得知原因后，他说："这是好事嘛，正是锻炼你的机会，你应该大胆地干，怕什么呀？"父亲又说："我在宜章初级中学念书时，我的老师启发、教育我说：'革命青年，不但要学习好、思想进步，还要行动起来，参加实际的革命工作。'那时学生会组织学生参加革命活动，发动群众支援北伐革命，号召青年参加北伐军，搞得有声有色。我们

是冒着被敌人逮捕的危险干革命啊。现在和平了，条件好了！你更应该借此机会接受锻炼，提高工作能力……"

欧阳海燕和父亲欧阳毅的合影

听了父亲的话，我心生惭愧，决心当好这个大队委。此后，每当我在学习工作中遇到困难、受到挫折、情绪波动时，父亲总能及时给我做思想工作，帮我战胜困难。

我考上哈军工后，因为不适应东北的气候，相继患上了鼻窦炎、气管炎、神经衰弱等疾病。因我自幼体弱，病痛令我更加自卑，甚至一度怀疑自己是否能顺利完成学业。

父亲得知后，立刻给我写了一封信："知你身体不好，千万不要着急。现节录毛主席 1941 年写给王观澜同志的信供你仿效：'既来之，则安之，自己完全不着急，让体内慢慢生长出抵抗力和它做斗争，直至最后战而胜之，这是对付慢性病的方法。'目前，你对于疾病，应在战略上藐视它，在战术上还要重视它……"

后来，父亲又多次写信让我正确面对疾病，父亲的教育让我拥有了战胜困难的勇气，我以父亲和革命前辈为榜样，制订了严格的锻炼计划，最终顺利完成了学业。

敢于创新，做出更大的成绩

大学毕业后，我被分配到山东菏泽化工厂工作，由于专业不对口，我一度感到难过、苦闷，但想到父亲的谆谆教诲，我觉得作为革命后代，更应该争口气。于是我努力工作，以出色的工作业绩得到厂里工人师傅的一致好评。

1974年我调到北京市仪表局下属的东风电视机厂工作。对于电视机制造，我是个门外汉，为尽快掌握技术，上班时我抓紧学习调试和维修技术，下班后我分秒必争地学习理论知识。

当时车间生产的9英寸黑白电视机存在严重的通道自激，整机一次性合格率很低，严重影响了产量，我决心努力攻克这一难关。经过仔细分析研究，我对通道电路、排版及使用的元器件做了很大调整，成功攻克了难关，大大提高了电视

机的产量。

父亲见我的工作有了成绩，格外高兴，鼓励我说："你工作取得成绩，很好，但不要满足，年轻人正是为国出力的时候，要敢于创新，做出更大的成绩！"父亲又题写了"奋发进取"四个大字送给我，让我深受感动。我知道，这是父亲对我的殷切期望，它始终激励我努力做好自己的本职工作。

父亲的革命风范与高尚情操，以及他对革命事业的不懈追求与无私奉献，潜移默化地影响着我、激励着我。

如今父亲已经离开我近二十年了，但他的身影经常浮现在我眼前，他的鼓励仍回荡在我耳畔，他永远是我学习的榜样、做人的楷模，是我心中永远的丰碑！

（作者欧阳海燕系欧阳毅的儿子）

⭐ 先辈小传

欧阳毅（1909—2005），湖南宜章人。1926年参加革命，1927年加入中国共产主义青年团，1928年参加湘南起义，并转入中国共产党。曾任红四军军委秘书，中华苏维埃共和国临时中央政府政治保卫局科长、秘书长，公安部队政治部主任、军委炮兵副政治委员等职。1955年被授予中将军衔。荣获一级八一勋章、一级独立自由勋章、一级解放勋章和一级红星功勋荣誉章。

⭐ 家风讲述人

欧阳海燕（1943—），欧阳毅之子，1968年毕业于哈尔滨军事工程学院火箭工程系。2003年在中国中医科学院基础理论研究所研究员岗位上退休。现任家风家国宣讲团特聘教授。

司令爸爸·司机爸爸

王媛媛

我的两个爸爸

我从小就有两个爸爸，一个是在北京军区当副司令的王近山，他是我的亲生父亲；还有一个是给司令爸爸开车的司机朱铁民，他是我的养父。

小时候，我既羡慕司令爸爸家热闹的大家庭生活，又十分眷恋司机爸爸家温馨幸福的小日子。可我一直想不明白，司令爸爸为什么要把我送给养父，那时候没有人跟我解释，我只能胡乱猜想。不过司机爸爸一家很爱我，对我悉心教导，还说要把我培养成共产主义接班人。

后来，两个爸爸分别调任不同地方工作，司令爸爸要去的地方很艰苦，不能带上我，司机爸爸就把我带在身边，小心呵护，他把所有的疼爱和关心都给了我，让我拥有一个幸福满满的童年。

1969 年，司令爸爸调到南京军区任职，他把包括我在内的所有子女都接回身边，准备亲自抚养。15 岁的我得知这个消息后既兴奋又悲伤，兴奋的是我终于要与亲生父亲团聚，与兄弟姐妹们一起生活了，可一想到要离开养育我十几年的司机爸爸，我又悲伤不已……

司令爸爸在南京热情地迎接我们，那时我已有十年没见过他了。司令爸爸穿着一身崭新的绿军装站在我的面前，拉着我的手，惊讶地说："小媛啊，你都长这么大啦！"他那慈祥的目光让我有了回家的感觉。

司令爸爸一直希望我们能子承父业，穿上军装。于是我按照他的要求，回他的老部队、他曾担任军长的 12 军当兵。进入部队后，部队首长都对司令爸爸赞不绝口，尤其是对他在战争年代的那些战斗经历，无不交口称赞。直到那一刻我才真正了解了我的司令爸爸，原来他是军中出了名的能征善战的"疯子将军"。从那时起，他在我心里的形象渐渐高大起来。

司令爸爸对我要求很严，他总认为我被司机爸爸宠坏了，没有吃过苦、缺乏锻炼，因此他要求部队把我分配到最艰苦的地方锻炼，为的是打掉我身上的骄娇二气。我被分配到部队医院工作，但我喜欢唱歌跳舞，所以总是积极参加部队组织的宣传队、体训队。司令爸爸听说后很不高兴，马上把我"打回原形"，要求我重新回到医院，参加科室工作。

后来部队安排我加入巡回医疗队，前往大别山地区为当地百姓巡诊。巡诊生活的艰苦我根本无法用语言形容，我们与老乡们同吃同住，每天翻山越岭，给山里的老百姓送医送药，有时药不够了，我们还要钻进深山老林采摘中草药。那时的我十分想家，更想念我的司机爸爸……

司令爸爸听说我到大别山巡诊，特别开心地跑来看我，还带着我去看每一个他曾经战斗过的地方。他一边走一边给我讲他的战斗故事。突然，他停下来问我："你多大了？"我说 18 岁了，他有些不屑地看着我："你都这么大了，怎么还像个不懂事的孩子？我像你这么大的时候，已经带着一个团在战场上冲锋陷阵啦！"

后来，我因十分想念独自在北京生活的司机爸爸，想方设法离开部队，回到了北京，回到了司机爸爸的身边。

谁是李云龙的原型

21世纪初，电视剧《亮剑》横空出世，轰动全国，人们纷纷寻找这部电视剧中主人公李云龙的原型。没想到这个现实中的"李云龙"，正是我那个敢打大仗、恶仗，打起仗来不要命的司令爸爸。

而我的司机爸爸，也因曾跟随"疯子将军"在解放战争和抗美援朝战争中屡立战功，被人们关注。越来越多的媒体记者登门拜访，听司机爸爸讲述那些惊心动魄的战争故事。那一刻，两个爸爸的形象在我的心中更加高大伟岸。

司机爸爸八十多岁时，突然向我讲起我被送养的秘密。原来，当年他和司令爸爸为了祖国、为了胜利，始终冲锋在对敌斗争的最前线，他们并肩战斗、生死与共，你保卫我、我掩护你，比亲兄弟还要亲。他们甚至立下誓言："生要在一起生，死也要一起死，就是追悼会也要一起开！"

正是他们这种情同手足的革命友谊，决定了我一生的命运。上甘岭战役前，他们曾促膝长谈。司机爸爸因为自己没有孩子深感遗憾，于是司令爸爸安慰他说："回国之后我给你请最好的大夫，如果你还没有孩子，那我回去后生的第一个孩子，无论是男是女都送给你！"

回国以后，司令爸爸一诺千金，将我送给了司机爸爸，让我还没有出生，就有了两个幸福的家庭，还有了两个深爱我的爸爸！现在，我的两个爸爸都离开了我，我要做些什么才能报答他们的养育之恩呢？

2010 年，我创作的第一本纪实小说《司令爸爸　司机爸爸》由解放军文艺出版社出版，在书里，我追忆与两个爸爸在一起时的点点滴滴，回忆他们对我的爱与呵护。

他们的爱是深沉的、内敛的，虽不张扬却让我刻骨铭心！我觉得我是这个世界上最幸福的孩子，因为我比一般孩子多了一份亲情与温暖。我要把这种爱回馈给社会，替父辈去完成他们未竟的事业。

我积极参与各种公益活动，为老区和贫困地区的老人、孩子捐款捐物、发放慰问品。我还和几个志同道合的革命者后代共同成立了开国功勋后代艺术团、红色家风家国宣讲团，我们携手其他革命后代，努力发扬中华民族的光荣传统，传播红色文化，弘扬革命精神，把党的温暖和人间大爱回馈给祖国和人民。

（作者王媛媛系王近山的女儿）

★ 先辈小传

王近山（1915—1978），湖北红安人。1930年参加中国工农红军，并加入中国共产主义青年团。1932年加入中国共产党。参加了鄂豫皖苏区反"围剿"、川陕苏区反"围攻"，跟随红四方面军参加了长征，率部参加了抗日战争、解放战争和抗美援朝战争等。善打大仗、硬仗，是有名的"疯子将军"。1955年被授予中将军衔，荣获一级八一勋章、一级独立自由勋章、一级解放勋章。电视剧《亮剑》中李云龙原型。

★ 家风讲述人

王媛媛（1953—），王近山之女。中共党员。1969年入伍，在部队医院服役八年。多次被评为部级优秀共产党员、新长征突击手、三八红旗手。

出了名的"实干家"

蒋爱丽

我的父亲罗坦干了一辈子军工，但是他从来不跟我们讲他的事迹，当我逐渐了解到父亲所做的事后，我对父亲更加敬佩。作为革命者后代，我要挖掘父亲那一代老军工人被尘封的、鲜为人知的军工故事。我不仅要了解他们、学习他们，更要传承他们的红色精神。

虚心学习，踏实做事

父亲原名蒋雄，1915 年出生在上海一个贫苦的工人家庭，祖父母相继去世后，年仅 13 岁的父亲到工厂里做了一名学徒工，没想到，这段学徒经历影响了他的一生。

1936 年父亲加入了中共地下组织在上海成立的"读书会"，并在上海开展地下工作。后来父亲离开工厂，回到老家苏州，加入了红十字救护队，担任队长。

1937 年 10 月，苏州沦陷，父亲带着救护队离开苏州，前往南京参与救护工作，历经两个月艰难跋涉，当他们终于赶到南京时，南京也沦陷了。12 月 12 日，父亲拿着时任南京政府卫戍区长官签发的最后一道手令，在炮声中来到长江边。父亲从几艘坏船中找出一艘勉强能用的渡船，利用自己掌握的机修知识，紧急抢修好船只引擎，不仅带走了苏州红十字救护队的二十多名队员，还带走了四百多名伤兵和难民。

1938 年，父亲和母亲辗转来到了延安，并加入了中国共产党。为了庆祝自己的新生，父亲改名为罗坦。因为掌握一定的机械制造知识，父亲被分配到中央军工局，从此父亲在军工战线上奋斗了一生。

新中国成立后，父亲调任六机部，负责组织中国第一代核潜艇、导弹驱逐舰和运载火箭专用测量船等新型舰船的研制生产工作。父亲领导的组织生产工作很复杂，承担的责任重大，那时他几乎每晚都要看书学习。他十分尊重科技专家，经常与他们探讨技术问题，虚心向他们学习。

有时就某些技术问题，父亲还与我们几个工科毕业的孩子交流讨论。正因如此，父亲博闻强记、知识面很广，领导力极强。

父亲虽然在机关担任领导职务，但对下级单位、工厂的困难总是真心实意地努力解决，是六机部出了名的"实干家"。

在我们家里，父亲有个工具箱，只要有空，他就会拿出来，修修自行车、水龙头、损坏的窗户，钉钉关不紧的门……后来我们家的男孩子都学父亲，家家都有工具箱。自己的活自己干，自己动手，是父亲最高兴的事。他说如果不是战争年代参加革命，自己最大的心愿是做个大工匠。父亲总爱说："等我退休了，还要到工厂或农村去修理机器。"

不应有太多的抱怨

1969 年，我被分配到内蒙古生产建设兵团做知青，正当我为此感到委屈痛苦时，父亲对我说："你们在受难，党和国家也在受难，不应有太多的抱怨。"

在父亲的耐心开导下，我欣然同意前往内蒙古生产建设兵团。在兵团，父母经常写信鼓励我，告诉我除了积极劳动还要加强学习。为此，父亲还特意买了满满一箱励志书，

托运到我插队的连队。我夜以继日地苦读，在小油灯下写日记和读书笔记，有了这些书的陪伴，我逐步成为一个坚强的、有思想的革命战士。

转眼三年过去了，父亲对我提出了入党要求。可在我心中，共产党员应当像刘胡兰、江姐那样，能经受住敌人的严刑拷打；像父母那样，能冒着枪林弹雨，带领群众冲锋陷阵；最起码也要会做群众工作，能起带头作用，做到吃苦在前、享受在后。

虽然我不怕苦不怕累，15岁就加入了共青团，还评上了五好战士，但我觉得自己还是不够好。为此我多次写信请教父母，但他们工作很忙没时间写信，就让哥哥姐姐代笔，在信中，他们教我如何对待生活，如何对待周围的同志。在父母的教导下，我写了入党申请书，很快就加入了中国共产党。

1970年，父亲调到六机部宜昌指挥部任副总指挥长，搞"大三线"建设工作，组织上准许三线职工将一名下乡子女调进工厂，父亲立即写信告诉我这个好消息。可是当时兵团正在进行"扎根边疆、建设边疆"的教育活动，我身为党员、排长怎么能离开呢？可是我又很想回到父母身边啊！我痛苦万分，只好写信向父亲求助。

父亲支持我继续在兵团工作，于是他将在山西插队的二哥爱强调到身边。后来，我通过自己的努力，被推荐到沈阳冶金机械专科学校（1998 年与沈阳大学合并）学习。当时我觉得这个学校很不理想，父亲又一次对感到无限委屈的我说："你们在受难，党和国家也在受难，不应有太多的抱怨。"

有真才实学才能服务国家

父亲是一个爱读书的人，他爱逛书市、爱买书，书架上摆满了书，床铺靠墙的一边也总是摊着书，每天晚上读书到深夜。

父亲不仅自己读书多，也要求我们个个都要有真才实学，成为对社会有用的人。

1962 年，我的大姐蒋爱群考上了北京工业学院（现北京理工大学）光学系，父母乐得合不拢嘴，因为这个学校光学专业是专门研究大炮等军事装备的瞄准镜的，父母为我党军工事业后继有人感到无比欣慰，也为我们家出了第一个大学生无比高兴！

二哥蒋爱强长得秀气又心灵手巧，小小年纪就能装配

大姐爱群考上大学后全家的合影

三极管收音机和有发动机的舰船模型，他在"大三线"工厂工作时，因为成绩优异，被推荐去上海交通大学学习内燃机专业，后来成了著名的柴油机专家。

我们大学毕业时，父亲又对我们说："有真才实学才能服务国家，在大学里所学的书本知识有限，要脚踏实地在大工业生产活动中增长学识，提高能力。"他鼓励我们到基层去，到最艰苦的地方去，到工农兵当中去，到大风大浪中去锻炼成长。

我们每个孩子都努力实践父亲"有真才实学才能服务国家"的教导，刻苦学习，在各自的岗位上做好工作，成为自食其力、服务国家，对社会有用的人。

（作者蒋爱丽系罗坦的女儿）

先辈小传

罗坦（1915—1986），上海人。1938 年加入中国
共产党。先后在延安中央军工局、晋绥军工局、西南兵
工局等军工部门工作。新中国成立后，历任一、二、三、
六机械部生产局局长、配套局局长、副部长。1963 年
后组织领导导弹核潜艇、导弹驱逐舰、运载火箭专用测
量船等新型舰船研制生产工作。

家风讲述人

蒋爱丽（1953—），罗坦之女。曾任中国船舶工业
总公司生产局办公室副主任，北京教育委员会高校毕业
生就业指导中心国家职业指导师、职业咨询部负责人。

甘当普通的劳动者

曹　宏

不平凡的母亲

我的母亲毛远志出生于 1923 年，她有一个极不平凡的身份——革命烈士毛泽民的女儿、毛主席的亲侄女。对于这个身份她只字不提、守口如瓶，就连我也是 9 岁时才知道。

那一年，我读小学三年级，一天吃晚饭的时候，母亲高兴地说："你们四兄妹吃完饭准备一下，晚上我带你们去见毛主席。"

我傻呵呵地问母亲："毛主席还能随便见啊？"

母亲被我的幼稚逗笑了，这才说出真相："因为你们的外公是毛主席的大弟弟，所以我能带你们去啊。"

曹宏（后排右一）与家人的合影

当时我们都还小，所以母亲也没讲太多大道理，只有一条硬性规定："你们自己知道就行了，对谁也不许讲！"我们都非常听话，直到好多年以后，同学无意中看到我的档案，才知道了这件事。

外公毛泽民是毛主席的亲弟弟，他1921年就参加了革命，并加入了中国共产党，因为要照顾年迈的父母，外公一直在湖南从事工人运动和农民运动。1931年年底，外公才前往中央苏区。1934年，外公跟随红军参加了二万五千里长征，和毛主席一起去了陕北。1937年年底，他被派到新疆做统战工作，最终牺牲在新疆。

我的外婆王淑兰很早就加入了中国共产党，母亲出生后，外婆就带着母亲一起工作。1927年大革命失败后，湖南军阀派兵到处抓捕毛家人。不得已，外婆带着母亲逃离了韶山冲，在长沙等地继续开展党的工作。因为没有经济来源，外婆只能靠给人缝缝补补、洗洗涮涮过活。

1937年，外公终于通过湖南党组织找到了外婆和母亲，外婆因为自己裹着小脚，怕耽误外公的工作，主动放弃了与外公团聚的机会，只让母亲跟着党组织前往延安。

1938年年初，母亲辗转千里终于赶到延安，却未能见到外公，她非常失落。她问毛主席："我爸爸在哪儿啊？我已经十几年没见过他了。"

毛主席说："很不巧，你爸爸去年年底到新疆工作去了，这次你见不到他了，等他回来了再见吧。"

在毛主席的关怀照顾下，母亲顺利完成了学业，并加入了中国共产党。1945年，母亲主动申请前往东北工作，她和我父亲向刚刚从重庆返回的毛主席辞行，毛主席高兴地说："你长大了，翅膀硬了，也该远走高飞锻炼锻炼啦！"接着，毛主席又鼓励母亲说："你学习和工作都很能吃苦，这点像你爸爸，我是放心的。希望你今后还要像他那样，老老实实地为人民服务。"

母亲向毛主席询问外公的消息，直到那时她才知道，早在1943年外公就已经牺牲了。毛主席耐心开导她说："'人

生自古谁无死，留取丹心照汗青'，你要好好继承父志啊。"临别时，主席仍拉着我母亲的手，再三叮嘱道："今后无论你到了任何地方，都不要打家庭的旗号，要靠自己、靠群众、靠组织。"

从那以后，母亲一直把"为人民服务"牢记心中，一辈子认真工作，低调做人，从不打家庭的旗号，就连她和我父亲与毛主席的合影也从不示人，生怕别人知道她与毛主席的亲属关系。

甘当普通的劳动者

小时候，我和哥哥住在一个房间。一个星期天，我和哥哥睡醒后，躺在床上聊天。过了一会儿，阿姨进来打扫卫生，我和哥哥只是看了一眼，就继续聊天。

这时，母亲从门口走过，刚好看到这一幕。她非常生气，训斥我们道："劳动人民在干活儿，你们俩就躺在床上看着，这跟地主家的大少爷有什么两样！"母亲的训斥给我和哥哥上了生动的一课，从那以后，每当看到别人干活儿，我总要走过去问问人家是否需要我的帮助。

我们一天天长大，父母对我们的要求也越来越严格，

他们牢记毛主席的教诲，并以此规范我们的一言一行。他们说："靠家里是最没出息的，一切都要靠自己，有多大本事干多大的事，哪怕只做一名普通工人、普通农民，只要尽了全力，也是为人民服务，为国家做贡献。"

1967年，我自愿报名到内蒙古牧区当知青。我兴致勃勃地把这个消息告诉母亲，还跟母亲说："我可不是干一两年就回来的，我要在那里扎根一辈子！"

母亲听后，非常支持我，她说："当一辈子牧民有什么不好，说不定哪天我就吃上你放的羊了呢。"

后来，每当母亲跟别人聊起我，总是非常自豪地说："我那二儿子在内蒙古当羊倌儿，一个人骑着马，能放1400多只羊呢！"那一刻，她丝毫没有因为子女是个普通劳动者就觉得脸上无光，在她看来，工作没有高低贵贱之分，都是为人民服务，都是在为国家做贡献。

1968年，我回北京探亲。当时正值深冬，我穿着皮衣、皮裤，戴着皮帽子在北京站搭乘5路公共汽车回家。那天车上本来很挤，可我一上车，车上的人纷纷往后退，还都捂着鼻子、皱着眉头，硬生生挤出好大一块地方。我心想：这身衣服确实会有点儿羊膻味，但也没这么夸张吧！

等我到家后，哥哥来给我开门，门一开，他就捂着鼻

子叫道："哎哟，这什么味儿啊，太膻啦！"母亲听见声音也走了出来，听到哥哥的话，马上斥责道："不许看不起劳动人民！"

我一听愣住了：我是你儿子呀，怎么成劳动人民了呢？转念一想，母亲这么说也没错，我既是她的儿子，也是从生产一线回来的劳动人民啊。

母亲面色平静地把我拉进门，我对哥哥说："你看妈妈，她都没闻到味，就你臭毛病多！哪有味啊，反正我闻不到。"

哥哥不再说什么，只一味地催着我赶紧洗澡、换衣服。换衣服时，我顺手把换下的皮衣、皮裤塞到了壁橱里。三天以后，我打开壁橱找东西。一开门，扑鼻而来的羊膻味差点儿把我熏个跟头。

那一刻，我真心佩服母亲，我才三天没有闻到这种味道就已经被熏得受不了了，那三天前，母亲一定也被这股味道熏得不行。他们那代共产党人与人民群众，特别是底层百姓，真是心贴心。这也许就是他们那一代共产党人，对劳动人民的深厚感情吧。

(作者曹宏系烈士毛泽民的外孙，毛远志的儿子)

⭐ 先辈小传

毛远志（1923—1990），湖南韶山人。烈士毛泽民唯一的女儿，毛主席唯一的亲侄女。童年时跟随母亲从事党的地下联络工作。1929年，随母亲一同被捕入狱，后经党组织营救，安全出狱。1938年加入中国共产党。新中国成立后，曾在中央组织部交通干部处、中央工业交通工作部干部处等机关工作。

⭐ 家风讲述人

曹宏（1948—），毛泽民烈士外孙，1970年入伍，1971年加入中国共产党。曾任国防大学图书馆副研究员。

公私分明的父亲

王　放

　　我的父母都是老革命，父亲王有轩出身农家，因为家庭贫困，不得不走进军营，成了一名国民党士兵。1936年10月，父亲加入中华民族解放先锋队，参加了西安事变。1937年七七事变爆发后，父亲奔赴延安，加入了中国共产党。后来，父亲服从党组织安排，回到国民党部队，从事隐蔽战线工作。新中国成立后，父亲在母亲的支持下前往朝鲜战场，战争胜利后，他先后在青岛、天津、北京等地工作，最终转业回到家乡西安。

　　我的母亲出身名门，外公早年参加过辛亥革命，母亲在外公的影响下一直渴望参加革命。1936年，母亲与一批进步青年向国民党政府请愿时，险些遭到镇压。自此母亲开始接触共产党，并秘密加入了中国共产主义青年团。

1944 年，母亲偷偷离开家，毅然前往豫西战场。父母结婚后，母亲离开前线，返回陕西家中，为前线部队筹买药材。抗美援朝开始后，母亲坚决支持父亲赴朝参战，自己则肩负起养育四个子女的重担，直到父亲从朝鲜平安归来。

大公无私

父亲是一个公私分明的人。有一天，我一进家门，就看到父亲把乘车票据摊了一桌，而他正戴着老花镜，一张一张分门别类地整理票据。我不屑地说："这点小事还劳您大驾，让秘书办就是了。"父亲认真地对我说："有些票据是看望朋友的，是私事，不是公事，不能报销。"我说："谁像您那么傻啊，拿个鸡毛当令箭。"说完，我就把他整理好的票据划拉成一堆，忙自己的事情去了。过了一会儿，我回到客厅，看见父亲又把那些票据一一分开，细心整理起来。

一次，父亲的呢子大衣上不小心沾了一小块油渍，他从司机李叔叔那里要来一小瓶汽油，用以清理衣物。没想到，清理完衣物后，父亲就跑到财务处补交了那一小瓶汽油钱。到了夏天，父亲见家里的纱窗脏了，便让我们把纱窗拆下来，拿到楼下用公家的大水管冲洗，事后，父亲又一次跑到财务处，补交了5吨水的水费。

在家里，母亲是总管家，父母经常教育我们要勤俭节约，其实他们的收入并不低，但在花钱上却斤斤计较，除了必要的生活开销和学习用品外，我们很难从他们那里拿到零花钱。弄得我们经常在背后说他们小气，像巴尔扎克小说里的葛朗台。

直到多年后，父亲一下子拿出四十八万元积蓄，捐献给家乡的小学时，我才真正理解了父亲，了解了他高尚的情操。那一刻，我为自己对他的误解，深感自责……

亲情无价

2000年，我最亲爱的小弟毛毛，患上了白血病。为了给小弟治病，父母把全家人召集到一起，父亲说："你们长大了，给毛毛治病的钱，就由你们兄弟姐妹出吧，你们有钱的出钱，有力的出力。"

我丈夫一马当先，将多年来攒下的科研奖励三十余万元全部交给了母亲，还把小弟送到了北京的301医院，请来了最好的专家，我则为弟弟捐献了骨髓。但无情的病魔

还是夺走了他的生命。坚强的母亲把悲痛压在心底，她主动把毛毛的妻子和女儿接到家中，细心照顾她们。

没想到，仅仅过了一年，母亲也离开了。我们几个儿女失声痛哭，肝肠寸断。但父亲很坚强，他总是语重心长地告诉我们："人总是会老的，父母总有和你们告别的时候。"但是我发现，母亲离开后，父亲更加消瘦了，他常常坐在椅子上发呆，一遍又一遍地在纸上不停地画着什么，后来我和姐姐惊讶地发现，父亲在纸上画的竟然是他和母亲散步时走过的地方……

2008年，我的丈夫在做科研项目时，受到了辐射。在经历了四年多的癌症折磨后，他也离开了我。我彻底地陷入了悲痛和绝望，心力不支的我住进了医院。住院期间，93岁的父亲用颤抖的手给我写了一封信："小放，听说你的手术很成功，希望你积极配合医生治疗，出院后，就回家来，爸爸来照顾你！"

后来父亲老战友的孩子们，带着病中的我，重返父辈当年战斗过的地方。在郑州的报国亭，大家一致推举我，让我带领大家祭奠那些在抗日战场上牺牲的前辈，那一刻，我深感自己的渺小与软弱。

2010年8月父亲走了，根据他的遗愿，丧事一切从简，

没有花圈，没有挽幛，只有一面党旗覆盖在他的身上。我们眼含热泪，在低沉的哀乐中默默地送走了他。丧事结束后，我给朋友发了一条短信："我的父亲走完了他95年的风雨人生。他把自己的一生，都献给了中国革命事业。他1936年参加革命，参加过西安事变、抗日战争、解放战争、抗美援朝……他无怨无悔地走完了英雄的人生，我只有擦干眼泪，传承、弘扬他们的精神，才能无愧革命后代的称谓。"

历史是需要传承的，红色的历史更需要传承和弘扬。父亲去世前，他和几位老战友嘱托我，要把他们的革命故事讲给后人听。

父辈的奋斗牺牲精神，深深地融入了我的血液，植入了我的骨髓。我会沿着他们的足迹，继续走好人生之路，我要把他们的精神之魂，化作奋斗传承的力量！

（作者王放系王有轩的女儿）

⭐ **先辈小传**

王有轩（1916—2010），陕西户县（今西安市鄠邑区）人。1937 年加入中国共产党。参加过西安事变、抗日战争、解放战争、抗美援朝战争，历任中国人民志愿军政治部敌工科科长、青藏铁路工程局北京办事处主任、西安铁路局机关党委书记等职。

⭐ **家风讲述人**

王放（1949—），王有轩之女。退休教师，退休后组建陕西三秦儿女红色宣讲团，现担任团长。

小 启

为提升阅读效果，书中使用了若干张图片，部分图片已获版权方授权，但仍有部分图片由于版权所有者联系方式不详等原因，未能取得授权。本书出版后，敬请相关版权所有者与我们联系（电话：010—83626929），以便奉寄稿酬和样书。

图书在版编目（CIP）数据

家风里的成长：先辈红色传承的故事 / 萧南溪主编 .
北京：北京联合出版公司, 2025. 5. -- ISBN 978-7
-5596-8436-3

Ⅰ . I25

中国国家版本馆 CIP 数据核字第 2025B6G802 号

家风里的成长：先辈红色传承的故事

主　　编：萧南溪
出 品 人：赵红仕
策划编辑：韦文菡
责任编辑：周　杨
营销编辑：张　楠
封面设计：张海马
责任编审：赵　娜

北京联合出版公司出版
（北京市西城区德外大街 83 号楼 9 层　100088）
北京华景时代文化传媒有限公司发行
北京中科印刷有限公司印刷　　新华书店经销
字数 130 千字　　890 毫米 ×1270 毫米　　1/32　　6.5 印张
2025 年 5 月第 1 版　　2025 年 5 月第 1 次印刷
ISBN 978-7-5596-8436-3
定价：39.80 元